SO HAJIKANO
PRESENTS
ILLUST=Kuro Shina
Who decided
that
I can't do
romantic comedy
in reality?
現実でラブコメできない
とだれが決めた？
初鹿野 創
イラスト＝椎名くろ

PPROFILE

親の仕事の都合で高校進学とともに峡国市に転居。現在は市内北東部の実家から高校に通っている。大和撫子系の大人しそうな容姿だが、性格は明るく快活、分け隔てなく誰にでも優しい元気型天使キャラ。ノリもよく、会話におけるボキャブラリーも多いため、ラブコメ的なやりとりにも即対応できるトーク力を持つ。

清里芽衣《きよさとめい》
ポジション　メインヒロイン

DATA

クラス：1年4組 出席番号10番
誕生日：4月2日
出身中学：赤川学園中等部（県外）
部活：テニス部
ラブコメ適性：S

ビジュアル適性
基礎能力適性
性格適性
行動適性
発言適性

[うえのはらあやの]
上野原彩乃
ポジション 共犯者
クラス：1年5組 出席番号6番
誕生日：11月10日
出身中学：峡国《きょうごく》市立北中
部活：なし
ラブコメ適性：C
ビジュアル適性
基礎能力適性
性格適性
行動適性
発言適性
DATA
PPROFILE
学力、運動能力ともに優れる文武両道タイプで、目立つ不得意科目はなく、全科目偏りなく好成績。交友関係は広く異性同性問わず友人が多い。
現実はラブコメとは違う。そんなのわかるでしょ？

クラス：1年4組 出席番号8番
誕生日：12月2日
出身中学：峡国《きょうごく》市立篠南《しのなみ》中
部活：なし
ラブコメ適性：E
ビジュアル適性
基礎能力適性
性格適性
行動適性
発言適性
DATA
は？ ナガオカに
用は無いんですけど
勝沼あゆみ
[かつぬまあゆみ]
ポジション なし
PROFILE
性格は直情的で我が強く、言葉や態度に品がない。下ネタも臆さず発するため、ギャルの中でも田舎ヤンキータイプが近い。似たようなタイプの女子をまとめてグループを作り、クラス内最大派閥を形成。そのリーダーとして存在感を見せている。仲間には比較的寛容だがそれ以外には敵対的で、はっきりと敵味方を区別する傾向あり。

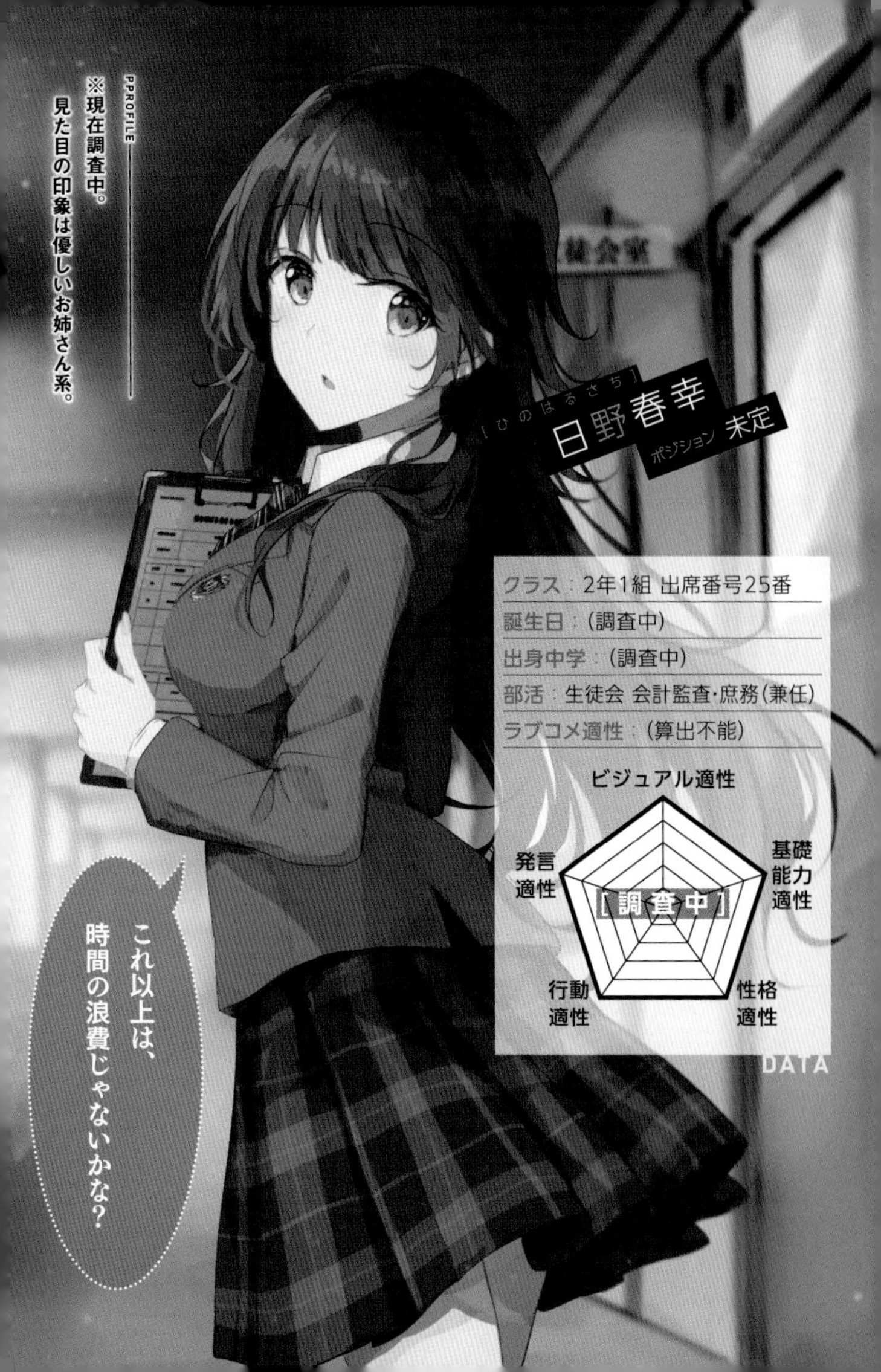
PPROFILE
※現在調査中。
見た目の印象は優しいお姉さん系。
[ひのはるさち]
日野春幸
ポジション 未定
クラス：2年1組 出席番号25番
誕生日：（調査中）
出身中学：（調査中）
部活：生徒会 会計監査・庶務（兼任）
ラブコメ適性：（算出不能）
ビジュアル適性
基礎能力適性
性格適性
行動適性
発言適性
[調査中]
DATA
これ以上は、
時間の浪費じゃないかな？

「……ねぇ、長坂くん」
時が止まったかのような、この異世界《げんじつ》で。
上目遣いにこちらを見上げた〝メインヒロイン〟が、
右耳に髪をかけながら、ゆっくりと言葉を紡ぐ。

「──私に何か、言いたいこと、ない？」
「い、いっ、言いたいこと？」
［ながさかこうへい］
長坂耕平
ポジション　主人公

目次

CONTENTS

Who decided that I can't do romantic comedy in reality?

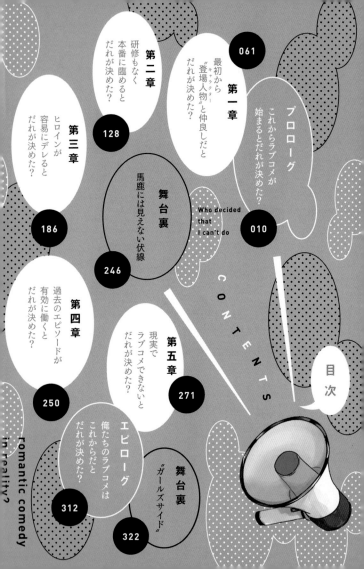

C H A R A C T E R S

長坂耕平
[ながさか こうへい]
ラブコメに全てを捧げた主人公。
現実でラブコメを実現しようとしている。

勝沼あゆみ
[かつぬま あゆみ]
ギャルグループの中心。
耕平に何かと敵対的。

上野原彩乃
[うえのはら あやの]
耕平に巻き込まれた一般人。
無表情で理屈屋なイマドキＪＫ。

日野春幸
[ひのはる さち]
生徒会役員で２年生。
耕平が目を付けている"先輩キャラ"。

清里芽衣
[きよさと めい]
耕平の"メインヒロイン"。
二次元キャラのようなスペックの美少女。

常葉英治
[ときわ えいじ]
明るいスポーツマン。
バスケ部所属。

鳥沢翔
[とりさわ かける]
クールなバンドマン。
軽音楽部所属。

Who decided that I can't do romantic comedy in reality?

現実でラブコメできないとだれが決めた？

SO HAJIKANO PRESENTS
ILLUST.=Kuro Shina

初鹿野 創
イラスト＝椎名くろ

プロローグ

これからラブコメが始まるとだれが決めた？

Who decided that I can't do romantic comedy in reality?

——ラブコメの世界。

それは、青少年の夢と希望をありったけ詰め込んだ、最高の理想郷である。


だってそうだろ？

美少女とわいきゃい学校生活を送りたくない奴がいるか？　タイプの違う魅力的な女の子たちと、心通わせたくないと思う輩《やから》は？　まさか気になるあの子の水着姿を拝みたくないとか、ラッキースケベなんてどうでもいいとか抜かす奴はいないだろうな。

他にも、気の合う友人たちと学祭で盛り上がったり、浴衣《ゆかた》に身を包んで花火大会に行ってみたり、クリスマスに温泉旅行してみたいとは思わないか？

少なくとも、俺のようにラノベのラブコメを嗜《たしな》む連中なら——物語のようにドラマティックで充実した学校生活を送ってみたい、と。一度は考えたことがあるはずだ。


——だけど。

現実は、ラブコメとは違う。

なぜなら、俺には——。

妹がいない。幼馴染《おさななじみ》がいない。現役アイドルなクラスメイトがいない。ミステリアスな先輩がいない。人懐っこい後輩がいない。へっぽこ美人の担任教師がいない。ツンデレ暴力キャラがいない。あざと可愛《かわい》い小悪魔キャラがいない。ラノベ作家なお姉さんキャラがいない。隣室の天使様キャラがいない。ウザ絡みな友人の妹キャラがいない。それどころか、男の親友キャラすらいない。

誰とも特別な過去エピソードなんてないし、好感度がＭＡＸな状態から始まる相手なんて、ただの一人も存在しない。


さらに、俺は——。

小説が書けない。絵が描けない。作曲ができない。演奏ができない。ゲームなんて作るのはもってのほか、プレイすることだって得意じゃない。

陰キャというほど口下手ではないが、陽キャほどコミュ力に秀でるわけじゃない。勉強も運動も嫌いではないが、上位からは程遠い。

あえて人より優れた点を挙げるとしたら、県の自由研究コンクールで入賞した経験があるってことと、データ入力のバイトで多少人よりも稼いでる、ってことくらい。そんな、自分で言って情けなくなるくらいのささやかな特徴しかない。

しまいに、俺の現実では――。

劇的な青春イベントは起こらない。ありふれた日常パートすら自然発生しない。サービス回なんてのはもってのほか。

偶然、たまたま、都合よく――ヒロインとラブコメ展開に発展することなんて、ありえない。

……そんな現実を生きる俺には。

全国に数百万といるラブコメファンでしかない俺には。

やっぱり、ラブコメみたいな青春の日々を送ることは、不可能なんだろうか？

――そんなこと、認めてたまるか。

凡人でも、不良でも、ぼっちでも、オタクでも、非リアでも、超絶リア充でも――どんな奴だって主役を張れるのがラブコメだ。

等身大のままで主人公になれるのがラブコメだ。

だったら、ないない尽くしの俺にだって、ラブコメができていいはずなのだ。

それでも現実が、ラブコメなんて不可能だというのなら――。

できるように、作り替えてやればいいのだ。

◆

4月の風は、まだ少し肌寒い。

俺は校舎の外階段を、一歩一歩踏みしめるように上っていく。

何度目かの踊り場を越え、眼前に現れたのは2メートル近くある鉄柵状の扉だ。ステンレス製のドアノブには、小さな鍵《かぎ》穴がある。

俺はごくり、と唾《つば》を飲み込んでから、ゆっくりとノブを回す。

扉は、がちゃり、と音を立て――抵抗なく開いた。

――よしっ、情報通り！

やはり今日、この時間。この扉に鍵はかかっていなかった！

俺は足取り軽く、境界線を踏み越える。

眼前に広がるのは、誰もいない無人の屋上。

そして、視界の半分を占める、燃えるような赤い夕焼け空だ。


「……素晴らしい。パーフェクトな〝青春スポット〟じゃないか！　俺はっ！　ついに！　ここまで来たぞぉー！」

興奮を抑えきれず、思わず空に向けて叫び声を上げる。


……やっとだ。これでやっと、〝計画《プロジェクト》〟の本格的なスタートを迎えることができる。

不意にこれまでの日々が思い出され、目頭が熱くなった。


——こうして、高校に入学するまでの間。

約1年間にわたるその期間を、俺はすべて計画のために費やした。

そもそもラブコメを実現するための基礎能力がパッとしない俺は、ただひたすらに自分にできること——調査と反復練習を突き詰めることで、その不足を補うことにした。

ありとあらゆる情報を調べあげデータベースに蓄積し、入手したデータを有効に活用するための分析手法を学び、何事もひたすら繰り返し練習することで体に覚え込ませて――。

そうやってみっちりと準備を整えることで、この理不尽な現実に抗《あらが》う術《すべ》を磨いてきたのだ。

うまくいかないことばかりだった。挫《くじ》けそうになることもあった。

だが、俺は――『人生《ゲーム》なんてクソゲーだ』と、そう嘯いていたかの主人公が、ひたむきな努力で人生を攻略していく様を目撃している。

それがどんなに遠く困難な道のりだとしても……諦めず貫けば、現実は変えられるんだ。

それに、憧れの超絶リア充――いや、神は仰《おつしや》った。『月に手を伸ばせ』と。

届かぬ理想だろうと、ひたすら目指して突き進め。

そんな覚悟の旗をぶっさして、俺は今日まで頑張ってきた。

――紆余曲折《うよきよくせつ》はあれど、こうして俺はこの場所にたどり着けた。

もはやここに、ラブコメに憧れるだけの一般人なんて、いない。

俺はもう――長坂耕平《ながさかこうへい》という、一人の〝主人公〟なんだ！

「落ち着け、落ち着けよ俺……」

ちらり、とスマホの時計を見やる。

ターゲットである〝彼女〟が来るまで、あと15分。

緊張からか手先はすっかり冷えきっていて、気を抜くと全身が震えてしまいそうだ。

「ええいくそ、ビビるな、気合い入れろ。最初の〝イベント〟だぞ。俺のラブコメはここから始まるんだ！　……ってそれ終わるやつじゃんか、縁起でもない！　やっぱ今のなし！」

そんなアホな一人漫才を繰り広げつつ、落ち着きを取り戻そうと入り口の辺りをうろうろとする。

あ、でも今の独り言、ラブコメ主人公っぽくてイイな。主人公って誰もいないとこでぶつくさ呟《つぶや》くのが定石《テンプレ》だし。いいぞ、ちゃんと練習の成果が出ている！

そう少しだけ気を持ち直した、その直後。

がちゃ、きぃ、と。背後から扉を開く音が響いた。


——えっ、もう来たのか⁉　予定より早いぞ！


かつかつと後方から近づいてくる足音。

バクン、バクンと心臓の鼓動が早まる。


——大丈夫、大丈夫だ。練習通りにやれば、きっとうまくいく。

大きく一度、深呼吸。
ぱん、と頰《ほお》を叩《たた》いて、自身に活を入れる。
――俺の現実は、ラブコメの世界じゃない。
だったら俺は――。
「そんな現実を、認めない。
この世界《げんじつ》で、ラブコメができないというのなら……ゼロから、創りだしてやる」
さぁ始めよう。
俺の〝計画《プロジェクト》〟――〝ラブコメ実現計画〟の、幕開けだ！

◆

「清里芽衣《きよさとめい》さんっ、す、好きです！　僕とっ、付き合ってくださいっ！」

振り向きざまに大声で叫んで、勢いよく頭を下げる。

渾身《こんしん》の告白は、夕焼け空に吸い込まれるように消えていった。

俺は、彼女の反応を待つ。

心臓の音が全身に響いていて、今にも弾けてしまいそうだ。

屋上の入り口に佇《たたず》む彼女は、戸惑うように沈黙し……少し間をおいてから、申し訳なさそうに言った。

「……あー、えーと。なんていうか、ごめん」

ありきたりで、でもはっきりと明確な、拒絶の言葉が二人だけの屋上に響き渡る。

未だ冷たい春の夕風が、さっと二人の間を吹き抜けていった。

そっ、か。と、掠《かす》れた言葉が、口から漏れる。

視界が歪《ゆが》んで、何も見えなくなる。

俺は今……彼女に、フラれたのだ。


その子は、学年一の美少女だと評判の子だった。

サラサラな黒髪と、目元の涙ぼくろがトレードマーク。いつも明るくて優しい、太陽のような笑顔が魅力的な、天使のような女の子。

そんな彼女とは、たまたま帰り道が同じ方向で、同じバスに乗り合わせることが多かった。

他愛のない会話の中で、奇遇にも読書という同じ趣味を持っていることがわかり、偶然好きな作品が一致して、降りるバス停を忘れるくらい話に熱中した。

そして、別れ際。

夕焼けに染まる町を背景に、大きく手を振って「また明日ね」と、微笑んだ彼女を見て——

俺は、恋に落ちてしまったのだ。

彼女とのこれからの高校生活を夢見た。

彼女の笑顔を、誰よりも近くで見ていたい。そう、思った。

その想いを伝えたくて……手紙《ラブレター》を下駄箱に入れ、こうして屋上に呼び出したんだ。


——あ、イイ。これすっごくイイぞ！

めっちゃラブコメなモノローグしてる感ない!?

いや待て待て、興奮するのはまだ早い。〝イベント〟はまだ途中だ。最後まで気を抜くな。

えーと、次のモノローグ、次の地の文はと——。


——俺は不意に込み上げてきた涙を隠すように、空を見上げる。

こうなることは覚悟していた。

彼女はみんなに優しいから、俺だけが特別ってわけじゃない。そんなことは、最初からわかっていたのに。

それでも、やっぱり。

想いを告げただけで、一度フラれたくらいで、諦められるわけなんか、なかったのだ。

「……ごめん、急に。いきなり、迷惑だったよね」

「ねぇ、あのさ。ちょっと」

みっともなくても、かっこ悪くても、彼女の近くにいたくて。

「でも……これで、今までの関係がなかったことになるっていうのは、嫌なんだ」

「いや、だから」

もしかしたらいつの日か、彼女が振り返ってくれるかも……なんて。そんな小さな可能性に、縋《すが》りつきたくて。

「勝手なことを言ってるのは、わかってる。でも……これからも気の合う友達として、仲良くしてほしい。……ダメ、かな」

「だからちょっと待ちなってば」

——なんだよ、今めっちゃいいところなのに。

というか、なんか反応が想定と違うな。

彼女のパーソナリティデータによれば、ここは「……うん、わかった。それじゃ、このことは二人だけの秘密だね。長坂《ながさか》く……ううん、耕平《こうへい》くんっ（天使の笑顔）」って感じの返答が来るはずだったんだけど。

俺は上を向いた格好のまま、ちらりと目線だけで彼女の姿を見やる。

サラサラの黒髪が夕日で赤く染まって……いや、待て。黒髪にしちゃ赤すぎないか？

「いい加減こっち見なよ」

言われるがまま、顔を戻して目を細め、正面の人影を凝視する。

短いスカート、着崩された制服、肩下まで伸びた髪は、ウェーブがかった茶髪のパーマヘア。

トレードマークの涙ぼくろは……どこにもない。

…………。

あれぇ？

「完全に人違いしてるから、君……あとさ、このシチュで告白はないと思う。ぶっちゃけ、狙《ねら》いすぎでキモい」

「き、キモい!?　パーフェクトな〝告白イベント〟でしょ!?」

――高校1年の春、4月。

やっぱり長坂耕平《おれ》の現実は――そう都合よく、ラブコメをさせてくれないみたいだ。

◆

「あのさ、何か頼んできたら？」

その言葉で、ぼーっと席に座っていた俺は我に返った。

ここはMのつくハンバーガーショップ。その最奥のボックス席である。

「……え？」

「え、じゃなくて。お店の迷惑になるじゃん」

そう言いながら目の前に座ったそいつのトレーには、シェイクとアップルパイ、そしてホットケーキがのっている。

……甘いもの多すぎじゃね？

「ほら、早く」

ひらひらと手を振って急《せ》かされ、俺は慌てて席から立ち上がった。

人のまばらなレジに向かいながら、ぼんやりとしたままの頭で思考する。

なんでこんなことになってるんだっけ……。

——万難を排して実行に臨んだはずの〝告白イベント〟だが、現場に現れた人物はお目当ての〝彼女〟──清里芽衣《きよさとめい》さんではなく、初対面の女子だった。

トラブルで完全に頭がパニックになった俺は、なんとかごまかそうとしたが……自分で言ってて支離滅裂な説明で、しまいには「とりあえず真っ当な日本語で喋《しゃべ》ってくれない？」なんて呆《あき》れられてしまう始末。

屋上に居られる時間の限界が迫っていたこともあり、余計に焦った俺は「こ、こんなところじゃなんだから、お茶でもしながらお話なんてイカガ？」と、わけのわからないお誘いをやらかした。

結果、俺はその女子とこの店でカッフェタイムと洒落込《しゃれこ》むはめになったのである。

なお、帰り際に確認した下駄箱に清里《ターゲット》さんの靴はなく、置いたはずの手紙《ラブレター》もろとも消えてなくなっていた。それを見て「まだ気づいていないだけかも」という最後の望みも絶たれ、イベントの完全失敗が確定した──という流れ。


……あーくそ、なんでこんなことに。

俺はレジで適当な味のシェイクを注文しつつ自問自答する。

清里《ターゲット》さんが部活終わりに校内に戻る姿は確認していたし、手紙を置いた時にはちゃんと靴もあった。それに誰にも邪魔されない時間帯を狙《ねら》って実行したはずで、準備段階で不備はないつもりだったのに。

……いや、理由はどうあれ、失敗は失敗か。

大丈夫、『人生は負けた時にこそ経験値が入る』って人生攻略《ゲーム》の無敵の魔お……もとい、パーフェクトヒロインさまが言ってたし。その教えはしっかりと俺の中にも根付いているからな。切り替えて諦めずにチャレンジするぞ！

俺はそう思い気を取り直すと、怪訝《けげん》な顔をしている店員さんに軽く会釈してからシェイクを受け取る。そのまま、すぐには席に戻らず柱の陰に身を隠した。

何はともあれ――このままあの女子と仲良くカッフェ、というわけにもいくまい。

単純に「人違いでしたごめんネ」と謝るだけで丸く収まればいいが、もし万が一、今回の件を他人に言いふらされでもしたら厄介《やっかい》だ。

なんせ、考えに考え抜いた渾身《こんしん》のイベントを「キモい」と抜かしやがった奴である。テンプレの美学がわからない輩《やから》は、すぐに「パクリ」だの「オリジナリティがない」だの言ってSNSやらア○ゾンレビューやらでフルボッコしたがるのが世の常。面白半分で全世界に俺の痴態《ちたい》を発信されてしまうかもしれない。

そこまでいかずとも、クラスや校内にネガティブな評判が広まってしまうのは計画にとって悪影響しかない。入学してからまだ2週間で、確固たる人間関係すら築けていない現状、それはなんとしても避けたい。

なので、どうにかこの一件を口止めする――それを最優先目標として動くべきだろう。

俺はそう結論づけると、柱の陰から顔を出しターゲットの様子を窺《うかが》う。

彼女は無表情のまま、黙々と甘味を貪《むさぼ》っていた。

……しかしやけにホイホイついてきたな、あいつ。

あの女子は、俺の狂気的提案に対して「まぁ、あんま遅くならなければ」と返してきた。

俺はあいつの言うところのキモい告白をするような男だ。しかも初対面で、かつ異性。普通、そんな奴と一緒にカッフェしようだなんて思うだろうか？

あっ……もしかして、実はツンデレ属性持ちだったりするのかな？　キモいだってツンデレ翻訳にかければ褒め言葉になるしな。

そもそも、面識のない女子とのカッフェとか、まるで今からギャルゲー制作サークルが結成されるかのようだ！　つまりこれは、もうラブコメと言っていいのでは⁉

……いやいや待て、落ち着け。

そういう安直な解釈が成り立たないのが現実だ。

一見それらしく展開が進んだとしても、相手が都合よくラブコメの〝登場人物《キャラクター》〟らしく動いてくれるとは限らないのだ。

そんなこと、もう十分骨身に染みただろうが。

俺は両手でぺしんと頬《ほお》を叩《たた》き、自らの弛《たる》みを矯正する。

――いいか、原則《セオリー》を忘れるな。

ラブコメのために最初にすべきことは、情報収集なのだ。

俺は基本に立ち返り、彼女の外見を隈《くま》なく観察する。

ポンコツ状態で真っ当に観察できていなかったが……はたして、知っている奴だろうか？


――髪は肩下程度のミディアム丈。毛先がゆるやかにウェーブした無造作パーマ。髪色は染めているのか地毛なのか微妙なラインの茶色。

制服のブレザーの下には薄手のセーターを着ていて、腕には細身のブレス。スカート丈は規定より短く、目立たない程度に化粧もしているようだ。印象的に、ギャルとまではいかない感じのＪＫといった風体である。

目鼻立ちはすっと通っていて、可愛《かわい》い系というよりは薄顔の美人系。特徴的なのは瞳の色で、虹彩の色素が人より薄いのか、赤みがかって見える。カラコンの可能性もありそうだが。

ついでに言うと体型とか、大多数の男の子にとって重視すべき部位も薄い。あれで長身ならモデル体型と言えるのだろうが、せいぜいが平均身長レベルなので、単に貧……ごほん、スマートなスタイルと言うのが正しいだろう。

学年を表わすネクタイの色は黄。俺と同じ1年生だ。

……外見から得られる情報はこんなところか。

まぁ、キーワードには十分だろう。

俺はスマホを取り出して、使い慣れたショートカットアイコンをタップした。

表示されたページの検索窓に、得られた情報を素早く入力する。

――髪型：ウェーブ・パーマ／髪色：茶／外見：薄顔／体型：スマート／胸：貧乳
――検索実行
該当件数は――1件あり、と。

「なるほど……初見でピンとこなかったのはこのせいか。クラスは5組、国立大志望クラス《イークラ》かよ。ランクはC、となれば対・一般人《バンピー》モードが妥当だな……」

一通り必要な要素が頭の中に入ったことを確認して、スマホを胸ポケットにしまった。

そして一度、深呼吸。

手持ちの札は多くない。加えて、決して得意とは言えない対面でのやりとりだ。

だが、これまでの努力を思い出せ。俺は何のために多くを積み重ね、培ってきたんだ。

こんな序盤も序盤の、まだ〝プロローグ〟すら抜け出せていない状況で、打ち切り《バッドエンド》になんてなってたまるか！

そう覚悟を決めると、じっとりと結露を始めたシェイクを握りしめ、元の席へと戻った。

彼女《ターゲット》は俺が戻ってきたことに気づくと、飲みきったらしいシェイクのカップをことんとトレーに置き、じとりとその目を細める。

「……注文遅すぎない？　もう食べ終わりそうなんだけど」

え？　もう？

視線をトレーに移すと、そこには各種容器の残骸《ざんがい》が散らばっていた。

うっわ、想像するだけで口の中が甘くなってきた……じゃない、そんなことはどうでもいい。

「え、えーと、ごめん、ちょっとレジが混んでて」

「スッカスカに見えるけど？」

「……て、店員さんが少なかったから」

「ふーん」

無表情のまま、どうでもよさげなトーンで返された。

い、いかん、変なところでペースを乱されるな。いつも通り、いつも通りでいいんだ。

呼吸を整えながら、俺は自分の〝設定〟を思い出す。

派手すぎず、地味すぎず。話しやすくノリもいいが、大事な部分ではしっかり真面目で、なんだかんだ頼りになるクラス委員長。容姿は極めて普通でも、適度に洗練された身だしなみがさっぱりとした印象を抱かせる雰囲気イケメン。そんなちょいイケ男子、それが俺。

「で？　いつまで黙ってるつもり？」

よしっ、行くぞ！

俺は論の展開を頭の中でまとめつつ、一言一言慎重に言葉を発した。

「えーと……まずは、驚かせちゃって、ごめん。ちょっと予想外の事態に混乱して、いろいろと変なこと言っちゃったかもしれないけど。誤解がないように説明させてほしい」

そう真剣な声で話を切り出す。今から真面目な話をしますよ、という事前通告だ。ついでに自分がしでかしたミスについても忘れずにフォローしておく。

「もうわかってると思うけど……俺、好きな子に告白するために、あそこにいたんだ。ちょうどあの時間に、屋上に来てほしいって伝えてて。はは、すげー緊張しちゃって、まともに顔が見れなくてさ……人違いだって気づかないまま、あんなことに」

そう言って、ちょっと照れたように顔を背ける。

告白なんて誰だって緊張するし、冷静ではいられない。だから本来ありえないようなミスをしたっておかしくないよね？　という意図を込めた発言だ。

話の内容は半分本当、半分でっちあげである。客観的な事実の部分は正確に、自分の気持ちの部分は嘘《うそ》を混ぜることで、本音を隠しつつ話の信憑性《しんぴょうせい》を持たせるテクニックだ。

「でも俺、本当に真剣なんだよ。確かに今回はちょっと失敗しちゃったけど、こんなことで諦めるつもりなんてないんだ」

ここで相手の目を見てはっきりと告げる。

自分の真剣さを繰り返し強調し、面白半分で余計な茶々を入れないでほしいと言外に忠告しておく。今後も引き続き告白の予定があるので邪魔するな、という意味も含めた。

……お膳立てはこんなものだろう。

ここからが核心だ。

「だから今回の件は——他の人に言いふらしたりしないでもらえると、助かる」

俺は姿勢を正し、斜め45度を意識してゆっくり頭を下げる。深すぎず浅すぎず、というところがポイントだ。どちらに振れても、印象が不自然になる。

「お願いします」

そして終始、こちらはお願いしている側だというスタンスを崩さない。

こうやって真面目なトーンで、しかも下手《したで》に出ている相手に対して、不義理を働こうとする人は少ないものだ。常識的な人ほど、良心が足かせとなって行動が制限される。

——よし、ここまでは完璧《かんぺき》な会話運びだったはず。

要求として必要な要素はすべて口にして伝えたし、言葉の裏にもいろんなメッセージを詰め込んだ。逆に、こちらに不都合になるような情報は伝えていない。

俺の読み《データ》が正しければ、彼女はこれでちゃんと理解してくれるはずだ。

ちらり、と頭を伏せたまま様子を窺《うかが》う。顔までは見えないが、腕組みをして考え込んでいるようだった。

しばしの沈黙。

「……そ。言いたいことはわかった」

その言葉に、やった！　と心中でガッツポーズする。

これで危機は回避できたぞ！

「うん、ありがとう。それじゃ」

「一ついい？」

早々に会話を打ち切ろうとしたところで、そいつは俺の言葉を遮《さえぎ》るようにして言った。

「君さ。完璧《かんぺき》な〝告白イベント〟とか言ってたと思うけど。それってどういう意味？」


――一瞬、俺の思考が凍った。

「え、えーっと……それは」

く、くそっ、よりにもよってソレを覚えてたのかよ！

落ち着け、落ち着け俺。狼狽《うろた》えるんじゃない。

だが、その言葉はまずい。深掘りされると、いろいろとやばい。

「告白の部分はいいとしても、イベントって？　いくら混乱してたからって、普通あの場面でその言葉は使わなくない？」

ああ、その通りですね！　つか想定以上に鋭いぞ、こいつ⁉

な、何か言い訳。言い訳しないと。

「え、と、それは……ほら！　俺にとってのビッグイベントという意識がですね、こう無意識に出ただけで、決して他意はなく……」

俺の反論が届いた様子もなく、無表情なままじっと見つめられ、胃がきゅっとなる。

その瞳からは、何の感情も読み取れない。

そして彼女は、畳み掛けるような口ぶりで言う。

「なら、その前に言ってた……ラブコメがどうとかっていうのは？」

「っ⁉」

う、嘘《うそ》だろ⁉　独り言《そこ》から聞かれてたのか⁉

「盗み聞きするつもりはなかったけど、聞こえちゃったから。独り言なのに声大きすぎ」

まるで思考を読んだかのように的確な反応が返ってくる。

くっ、よもやラブコメ主人公をトレースしすぎたことが仇《あだ》になるなんて……！

「ラブコメとかよく知らないけど、それってドラマとか漫画のジャンルでしょ？　恋愛系の」

淡々と話す口調に淀《よど》みはなく、ただ順を追って説明しているだけという風に聞こえる。

そこで、ふと思う。

まさか……こいつ。

「で、その違和感のある言葉を組み合わせると……」

もしかして……最初から全部わかってて、その上で俺がどう出るか見ていた……？

うまく言いくるめたつもりが、すべて見透かされて、泳がされていた……？

ぞわりと、背筋に悪寒が走った、その直後。

「——ラブコメの告白イベント。こう繋《つな》げるとさ、真っ当に告白しようって人が使う言葉には思えないんだけど？」


心臓が激しく跳ねた。

そいつは顔色を変えずに、じとりと俺を見続けている。

「今の言葉、普通の人が聞いたら漫画の真似事でもしたいのか、って思うんじゃない？」

体が強張《こわば》り、指先から血の気が失《う》せていく。

どうする……！

どう言えば、どう答えればいい!?

「それとも、他の意味があるの？　もしくはちゃんとした理由とか」

反論、なにか、いい反論は！

こいつを納得させられるだけの、もっともらしい理屈はないのか!?

「ノーコメント、って言うならそれでもいいけどさ。その時はどういう結論を出しても文句は言えないよ？」

俺が焦って思考を巡らせていると、追い討ちをかけるようにそう告げられた。

くそっ、逃げ道まで徹底して潰《つぶ》しやがって、鬼め！

黙っている時間が長くなれば長くなるほど不利になる。そんなことはわかっている！

だが俺の口は渇くばかりで……何の言葉も紡《つむ》ぎ出せない。

一言も発せずにいる俺を見て、そいつは小さくため息をついた。

「……特別、深いワケがあるわけもない、か。ま、そりゃそうだよね」

平坦な声で、諦めたように呟《つぶや》く。

まずい。

もう完全に、答えを出してしまったって感じだ。

「何か特殊な事情があるのかも、って思ってついてきたけど……ノリでやってるなら、やめといた方がいいんじゃない？」

その顔は無表情のまま。

いや、より一層淡白で、退屈そうにも見えた。

「てか、単純に恥ずいでしょ。この年にもなってそういうことするの」

そして冷めた声音で、まるでそれが当然だという風に言った。

「つまらないごっこ遊びはやめて、ちゃんと現実を見た方がいいと思う」

……。

………なんだと？

「ちょっと待て」

「……うん？」

何事かとかすかに眉《まゆ》を顰《ひそ》めているそいつに、真剣な面持ちのまま目を合わせる。

そして、大きく息を吸う。

——俺の生きる現実は、ラブコメの世界じゃない。

そんなことは知っている。

ずっと前から知っていた。

「そこまで言うなら教えてやる。いいか、よく聞け。俺はな――」

だが、現実《それ》を諦めの理由にして――。

理想《ゆめ》を妄想《ゆめ》のままに終わらせるのは、死んでもごめんだ。

「俺はこの現実で。真面目に、本気で、真剣に――ラブコメを、実現するつもりだ!!」

だから俺は、胸を張って、堂々と宣言する。

恥ずかしくもなければ、ごっこ遊びのつもりもない。

絶対に、現実でもラブコメは実現できる――そう、心から信じているのだから。

「…………………え？」

先ほどまで平然とした態度だったそいつは、ここにきて初めて戸惑いの表情を見せた。

少しだけ勝った気分になる。

「え、ちょっと待って……それ、マジで言ってる？」

「マジもマジ、大マジだ。俺は必ずラブ＆コメディな高校生活を作り上げてみせる。それこそ、最終的には学校全体を巻き込んでやる覚悟だ」

俺は不退転の意志を瞳に宿して睨《にら》みつける。

「ん、いや、えっと……開き直ってる、わけじゃないの？」

「ラブコメの神に誓って、誠心誠意、本音で話してる。なんか文句あるか」

「や、別に文句はないけど、問題はあるっていうか、問題しかないというか……」

視線があっちへいったりこっちへいったり、落ち着きのない様子だ。

それはそうだろう。俺は今、己のすべてを、魂を賭けて戦いに臨んでいる。イマドキＪＫ風《ふ》情《ぜい》とは意思の強さが、重さが違うのだ。圧倒されるのも無理はない。

「遊びじゃないし、中途半端な気持ちでもない。俺は〝日常回〟を精一杯満喫するつもりだし、〝学園祭イベント〟をめっちゃドラマティックに仕立て上げるし、〝水着回〟や〝お泊まり温泉回〟、〝ラッキースケベ〟だって実現してやる」

「ちょっと、前半はともかく何その後半」

「特にラッキースケベはずぇぇぇったいに経験してやる!!」

「うっわ超キモ……」

迸《ほとばし》る青少年のパトスを受け、不快げにずりずりと距離を離されたが、かまうものか。

「他人がどうとか普通はどうとか、そんなの知ったことか。神は言った。『他人は他人、自分が自分を誇れればそれでいい』と」

「何それ、どこの神様がそんなこと」

「千歳神《ちとせしん》に決まってるだろうが！　チラ○ネは中高生必読の哲学書《バイブル》だぞ、教養のない奴め！」

「全然聞いたことないし……」

ちっ、これだから感度の低い一般人《パンピー》は。この手の輩《ニワカ》は映像化されてから急に持て囃《はや》すんだ。

「とにかくだ！　俺の覚悟は本物だし、曲げるつもりなんぞ毛頭ない。もし邪魔するってんなら断固戦うぞ！　さぁどっからでもかかってこい、寝ても覚めてもラブコメバンザイしか言えない体にしてやる！」

そう言って俺がファイティングポーズを取ったところで、周囲がしん、と静まり返った。

緊迫の時が俺たちの間に流れ――。


――ピポパ、ピポパ、ピポパ。


ポテトの揚がるタイマー音が響いた。

ええい、このクソ真面目なシーンで間抜けな効果音を流すんじゃない！　ギャグシーンっぽくなっちまうだろうが！

「………うん、まぁ。一応、言いたいことは理解した」

半休止状態から回復したそいつは、目元を手で覆うと、そう吐息交じりに漏らした。

む、もしかして、俺の熱い魂の言葉に心打たれ、思わず感涙してしまったのかな？

「一つ、言ってもいい？」

「なんだ？」

「この大馬鹿野郎」

「どうしてそうなった!?」

ああもう、だからギャグっぽくオチつけるなってばぁ！

◆

しばしの沈黙の後、そいつは探るような目でこちらを見た。

「……色々言いたいことはあるんだけど。本当にマジで言ってるんだよね？」

「本当にマジだ。くどいぞ」

「そもそもさ、さっきからラブコメを実現するとかなんとか言ってるけど」

「待て。ラブコメはラブコメだが、正確には〝青春ラブコメ〟というのが正しい。ラブコメとはコメディ要素を含むラブストーリーのことで、さらに青春と頭につくと、主に学校生活にまつわる青春劇の中でラブコメする話って定義になる」

「……はぁ。要はドラマティックな恋がしたいとか、そういう話でしょ？」

「確かに核となる要素はラブの部分だが、それだけじゃない。少女漫画系の恋愛メインな作品に比べて、青春色やコメディ要素が多く含まれるのが青春ラブコメだからな。ものによっては青春劇の方が主軸なやつもあるくらいだ」

「あ、そう……」

細々《こまごま》した定義なんてどうでもいい、といった様子で生返事が返ってきた。

はぁ、素人はこれだから。その辺しっかり区別して考えないと、『ラブコメなのにラブラブもコメコメもしていません。なので★1です』とかいうレビューに騙《だま》されて、等身大の人間たちの悩みや葛藤をリアルに描いた伝説の青春ラブコメを見落としてしまうんだ。ラブコメはイチャラブが全てじゃないんだぞ。

「で、そんなのが本気でできると思ってんの？　どうやって？」

「単純な話だ。予《あらかじ》め様々な情報を集め分析して〝登場人物《キャラクター》〟にふさわしい人材を見つけ出し、事前準備で場を整えて、理想的なラブコメ展開になるよう働きかければいい」

「……いや、そんな簡単な話なわけないじゃん。現に今失敗してるし」

「それは俺の準備不足が原因だ。シチュエーションは完璧《かんぺき》だったんだけどな……」

「一番の問題はそこだから」

「やはりテンプレ否定論者か貴様！」

王道展開《テンプレ》はみんな大好きだからスタンダードとして認められてんだよ！

俺が心中で憤っていると、そいつは一瞬考え込むように黙ってから、首を横に振って続けた。

「……まぁ百歩、千歩譲って、全部最初から仕組んだ通りにできれば実現可能、っていう理屈は間違ってないとしても。そんなの、生半可《なまはんか》な準備でどうこうできるものじゃないでしょ」

「そんなことはわかってる。だから俺は情報収集を密にして、なるたけ想定プランに誤差が出ないようにしてるんだ。判断材料が多ければ多いほど失敗する確率は減るし、コントロールだってしやすくなるだろ」

「情報収集を密に、ね」

大層な物言いだこと、とでも言いたげな顔で、シェイクのストローをくるくると弄《もてあそ》び始めた。

……この野郎、さっきから見くびりやがって。

いいだろう、そこまで言うなら目にもの見せてやる。

「俺を舐《な》めるなよ。――1年5組、上野原彩乃《うえのはらあやの》」

「……え？」

ストローをいじる手がピタリと止まる。

俺はポケットからスマホを取り出すと、先ほどと同じ画面を開いて言い放った。

「上野原彩乃。1年5組出席番号6番。11月10日生まれ。出身中学は峡国《きょうこく》市立北《きた》中学校、所属していた部は陸上部。学力、運動能力ともに優れる文武両道タイプで、目立つ不得意科目はなく、全科目偏りなく好成績。入試成績は総合8位。中学県総体では800メートル走第3位。交友関係は広く異性同性問わず友人が多い。好物は甘いもの全般、嫌いなものはコンビニ弁当」

「ちょ、ちょっと……え、君、初対面だよね？」

そいつ——上野原は、面食らった顔で口を開いた。

「そうだぞ？　えー、あと両親は大学教授にフリーランスのSE、自宅の住所は峡国市……」

「通報」

「え？　……ちょまっ！　ストップ！」

ノータイムでスマホの操作を始めた上野原の右腕を掴んで止めた。

「落ち着け！　話せばわかる！」

「いやもう完全にストーカーだしマジでキモい」

「いやっ、どれも別に犯罪的手法で入手したもんじゃねーから！」

「そもそも、なんで話したこともない相手をそんなに調べてんの絶対おかしいでしょ」

「だーからっ、さっき言ったろ！　登場人物の候補者は、事前に調べとけばいいって！」

上野原《うえのはら》はぴたり、と一瞬止まって、嫌そうに眉根《まゆね》を寄せた。

「いやいや意味わかんないし、そもそも私が勝手に標的にされてる理由が全然理解不能だし」

ああもうっ、こいつ自覚ないのか!?


「だってお前美少女じゃん！」

「……………………、ええ？」


「同学年の可愛《かわい》い子は全部チェックしてんの！　お前まさかその容姿で私は美人じゃないですなんて言うつもりないよな!?　ラノベなら挿絵《さしえ》見て出直してこいと言ってるところだぞ！」

俺の言葉を受けて、上野原は今度こそ完全に停止した。

そして目をしばしばと瞬《まばた》かせてから、なんとも言えないじとっとした目線をよこす。

「……あのさ、このタイミングで褒められても、嬉しくもなんともないんだけど」

「違うっつの、単に事実を伝えただけだ。調べによると、総合順位で学年7位のビジュアルと結果が出ている。150人中の7番目だ、胸を張れ」

「……いや、どう反応しろっての、それ」

上野原は腕を掴んでいた俺の手をぺしっと叩《たた》いて引き離すと、そのまま右手でくりくりと後ろ髪をいじり始めた。

「ちなみに評価はちゃんと数値化してるぞ。えーと、ビジュアル項目の得点は、顔が４・３、ルックスが４・７、胸が２・８……」

「やっぱ通報」

「だから待ってぇ！」

今度は左手をがっちりロックする。油断も隙もねぇ！

「お前が全然信じようとしないから情報開示したんじゃないか！　それなのに犯罪者《ストーカー》扱いなんてひどいぞ！」

「誰もそんなキモい個人情報暴露しろなんて言ってない。てか、そんなん聞かされた方が余計警戒するに決まってるじゃん。そんなこともわかんないくらい非常識な馬鹿なの？」

「くっ、言わせておけば！　馬鹿って言う方が馬鹿なんだもんね、このばーか！」

「全部自分に跳ね返ってるんだけどこの大馬鹿」

しばし、無言でにらめっこ状態が続く。

——ピポパ、ピポパ、ピポパ。

「…………………はぁ」

再びポテトの揚がる音が響くと、上野原《うえのはら》は諦めたように脱力した。

スマホは手放しているから、一応通報するのはやめるつもりらしい。

「もう想像の遥《はる》か斜め上すぎて色々取り乱した……マジありえない」

そう言って俺の手を振り払うと、僅《わず》かに乱れた前髪を整え始める。

「とにかく、少しは信じたか。俺がどんだけ本気なのかってことが」

「狂気ってことは認める」

ふん、やっと認めたか……ん、あれ？　それって認めてるわけじゃないのでは……？

俺が首を傾《かし》げていると、上野原はふっと力を抜いて背もたれに身を預けた。

「……ねぇ。さっきの、他の人の分もあるの？」

「あぁん？　何のことだ？」

「私のみたいな個人情報」

「そりゃまぁ……それなりに」

「ちょっと見せて。悪用はしないから」

と、上野原が右手を差し出してきた。

「……何に使うつもりだ？」

俺はスマホを握りしめ、警戒を強める。

このデータは門外不出の機密資料だ。安易に他人に見せていいものではない。

「別に何も。単純にどのくらい量あるのかな、って気になっただけ」

上野原は相変わらず淡々とした物言いで、真意がどこにあるのか読み取れない。

だが見た感じ、茶化すつもりはなさそうだった。

……物量を見せつけるのは、俺の本気度を示すのに有効ではある、か。

俺は少しの間悩んでから、メモさえされなければ問題ないだろうと判断し、一部を見せてやることにした。

「マジで気をつけろよ。本来なら他人に見せるのはご法度《はっと》なんだからな」

「わかってる」

そう念押ししてから、恐る恐る手のひらにスマホを乗せた。

上野原はスルスルと画面をスクロールさせていく。熟読する感じではないため、言った通り特定の何かが見たいというわけじゃないようだ。

仮にこいつが完全記憶能力みたいなものを持っていたら致命的だが……まぁそういう超能力っぽいのが身近《げんじつ》にあるわけもなし、気にする必要はないか。

「これ、ただのメモじゃない……Ｗｅｂ？　デザインがまんまウィキっぽいんだけど」

「ああ、データはサーバーに置いてるから。当然俺しか見れないし、全部暗号化済だ」

「検索までできるとか……」

「どこでどう使うかわからんからな。実際今さっきお前のことを調べるのに役立った」

いい加減俺をディスるのにも疲れたのか、上野原《うえのはら》は返事もせず内容に没頭している。

「1、10……何十人分あるのこれ……基礎情報、性格、行動傾向……グラフまであるし……」

口元を手で覆いながら、真剣な顔でぶつぶつと呟《つぶや》く上野原。先ほどまでの呆《あき》れたような物言いではなく、純粋に驚きに目を見張っているように見えた。

それもそうだろう。

これは、俺の特技を最大限活かして作り上げた珠玉《しゅぎょく》の逸品《いっぴん》だしな。


——上野原に見せているのは、数ある〝ラブコメデータベース〟の一つ。

うちの学校の生徒に関する個人情報を集積したもの——通称〝友達ノート〟だ。

記録項目は多岐にわたり、名前、生年月日、出身中学、外見的特徴といった基礎情報から、性格、行動傾向のような内的要素、交友関係や家庭環境といった周辺環境、アンケート等により取得した客観性データなど様々だ。


「……まだ入学から2週間しか経ってないけど。この短期間でこれ全部？」

上野原がふと顔を上げて尋ねてくる。

「まぁ、8割方。つっても、ラブコメに適性ありそうな人だけ優先的に調べてるから、まだ全然未完成だけどな」

「いったいどうやって……写真まであるし」

「ベースは生徒名簿とSNS上に公開されてる情報だ。写真は入学式の集合写真を拝借した」

ちなみに、写真上の上野原は今よりも髪が長く、髪質もストレートに近い。初見ですぐ気づけなかったのはこれが理由だ。まったく、髪型をころころ変えていいのは冴《さ》えないあの御方だけだぞ、不遜《ふそん》な奴め。

「漏れ聞こえる噂《うわさ》話《ばなし》とか、クラスや部活のトークルーム由来の情報《データ》もあるな。あとは草、の諜報力《ちょうほうりょく》にも頼ってる」

今のところ1年生限定ではあるが、コミュ力が高く噂好きな奴を各クラス最低一人、草の者《ソース》として確保している。そいつらを束ねれば全クラスの大まかな情報は掴めるって寸法だ。

余談だが、俺は彼らのことを〝早乙女衆《さおとめしゅう》〟と呼び、深く敬意を表している。今時誰も語源なんてわからんだろうから、カモフラージュにもちょうどいい。

「調査優先度の高い人は友人知人へ直接聞き込みしたり、近親者へ突撃取材したりもしてるな」

「もう学校やめて探偵にでもなったら？」

「それじゃ本末転倒《ほんまつてんとう》だろーが。学校やめてラブコメができるか？」

「あぁもういいや、私が悪かった」

上野原は額を押さえて、もう何度目かわからないため息をつく。

その言葉を最後に、しばらく互いに無言のまま、時が流れる。

俺はすっかり溶けて薄めた練乳みたいな状態のシェイクを口に運んだ。まったくおいしくないが、糖分がいい具合に疲弊《ひへい》した脳に染み渡っていく。

ふと冷静になって思ったが……流石《さすが》に、色々明かしすぎたかも。

いくらこいつを説き伏せるためとはいえ、ここまで舞台裏を見せる必要はなかったんじゃなかろうか。

そう思ったら急に不安になってきて、俺は結論を急ぐ。

「……いい加減、俺がどんだけマジか伝わっただろ。だから邪魔しないでくれ」

上野原《うえのはら》はじっと眺め続けていたスマホから目を離し、顔を上げる。

やっぱりその顔は無表情で、何を考えていたかは読み取れない。

「本気なのは察した。でもさ……」

そして視線を横に逸《そ》らし、声のトーンを少し落として、ぽつりと言った。

「もし必死になって頑張って、それでもラブコメができなかったら……どうするの？」

そんな発言を受けて、ふと脳裏に中学時代《かつて》の記憶が蘇《よみがえ》る。

俺は拳を握りしめてから、はっきりと意思を込めて答えた。

「かもしれない、は考えない。俺は、俺にできるやり方で、実現に全力を注ぐだけだ」

上野原はその目を僅《わず》かに見開く。

俺は彼女の瞳に映った自分の姿を見据えて、言い聞かせるように語った。

「確かに成功する保証はない。でも、何もせず流されるままに生きてるだけじゃ、実現の可能性はゼロだ。それが現実だからな」

自分の生きてきた16年間で、それだけは絶対に変わらなかった法則だ。

「俺みたいに地味で、しょぼい能力しかない雑魚にできることなんて、たかが知れてるのかもしれない。ならせめてできることに全力を注いで、実現できるまで頑張る。そう決めたんだ」

それに、と俺は続ける。

「……中途半端なことをしても、結局まともな結果は返ってこないから、な」

言いながら、ふと苦いものが口の中に広がった気がして、ごくりと唾《つば》を飲み下した。

そんな俺の言葉を受けて、上野原は何を思ったか。

「——そっか。やっぱり馬鹿なんだね、君」

初めて、その瞳に感情らしき色を覗《のぞ》かせながら、目を細めた。

またそれか、と返そうとしたのだが……なんとなく、さっきまでの言葉《ばか》とは違った響きに聞こえて、俺は一瞬言葉に詰まる。

「……ああそうだよ、悪かったたな。他にどうしようもなかったんだ、仕方ないだろ」

「ううん、貶《けな》してるわけじゃない。そうじゃなくて……」

と、上野原《うえのはら》はそこで言葉を切って、再び沈黙した。

「そうじゃなくて？」

「何でもない。どのみち私には、無関係な話だしね」

――無関係、か。

それは、さっきまでと変わらない平坦なトーンで呟《つぶや》かれた言葉だったが――どことなく、心に引っかかりを覚える。

だからか、俺は。

「お前さ……何か勘違いしてるようだが。もう全然、無関係じゃないからな」

気づけば、そう続けていた。

「……え？」

「だってもう俺の計画を知っちまっただろ。〝友達ノート〟だって見せた。そんな状況で、じゃあ明日から見ず知らずの他人ですさようなら、なんて許されると思ったか？」

上野原は目を瞬《まばた》かせる。俺の言葉が予想外だったのか、呆《ほう》けた様子で口を開けている。

……それもそのはずだ。

俺だって、今の今までこんなことを言う予定なんてなかったんだから。

「ここでお前を無罪放免にしたら、どこでどんな問題が起こるかわかったもんじゃない。計画の妨げになる可能性があれば、先んじて対策を打つ。それが俺のモットーだ」

「別に……私は邪魔するつもりなんて」

「しかし、だ」

上野原の言葉を遮《さえぎ》って続ける。

「俺が計画を暴露せざるを得ない状況に追い込まれた、というのは疑いようのない事実。責められるべきはミスを犯した俺であり、そのミスを有効活用したお前じゃない」

本来なら、こんなことを言う必要はない。

個人情報を盾に口封じでもして、極力関わらないように言いくるめるのが妥当な対処だろう。

だが、俺は。

「そこで俺は閃《ひらめ》いた。お前を、身内に引き入れちまえば問題ない、ってな」

あえて。

その逆の選択肢を選んだ。

「お前のポテンシャルは高い。とかく理屈っぽい思考回路、えげつなく人を追い詰める話術、情け容赦ないツッコミ……どれも素晴らしい力だと思う。これらを活かさずに眠らせておくのは惜しい」

上野原《うえのはら》は黙ったまま、こちらを見ている。

俺は矢継ぎ早に言葉を重ねた。

「いや、実はちょっと手が足りないかなー、と思い始めてたところだったんだ。ネットを使う調査やデータ分析だけなら一人でどうにでもなるが、対話による情報収集とか、現地に行かなきゃならない調査には限界があるからな。女子の方が得やすい情報だってあるし」

思いつくまま、それらしい理屈を積み上げて語る。

「だから、お前みたいな優秀な人材を得られれば、計画はより実現に近づくって寸法だ。情報《データ》によれば、今は部活も習い事もやってないんだよな？　なら余剰時間の有効活用にもなる。うん、実にスマートな結論」

言っててかなり無茶だとはわかっているけど、それでも俺は話すのをやめない。

「だから俺の計画の一員に……あ、いや、単なる一員っていうのは面白味がないな……。部下、同志、うーんなんとなくしっくりこない」

——今回の一件は、計画の裏側における失敗だ。

実現すべきラブコメには直接関係のない、舞台裏の〝制作秘話《メイキング》〟だ。


だが、上野原は。

俺の現実では本当に、本当に珍しいことに……。

偶然、たまたま、普通ではありえない出会いを果たした相手であり。

そんな相手との縁を、なかったことにしてしまうのは——。


「そうだ、〝共犯者〟だ！　俺と契約して、計画の〝共犯者〟になってよ！」

——〝ラブコメ〟の〝主人公〟にあるまじき愚行、だと思ったのだ。


「『本当に変われる奴は、いま、この瞬間から変われる』……我が神のありがたい教えだ。さ、この手を取るといい」

俺はすっと右手を前に差し出し、握手を求めた。

「……」

上野原は黙ったまま、じっと俺の手を見つめている。

「……どうだ?」

だんだん疲れてきたぞ。

「…………」

「…………あの、どうでしょう?」

俺の腕がぷるぷると震え始めたところで、上野原《うえのはら》がここ一番のため息をついた。

「…………あのさ」

「…………なんだ」

「この大馬鹿野郎」

「どうしてぇ!?」

俺は情けない悲鳴を上げた。

なんだよ、パーフェクトに整った勧誘シーンだったろうが!

上野原はジト目になって淡々と続ける。

「そもそも私にメリットが一つもないんだけど」

「ラブコメ作れるんだぞ!　その舞台裏が見れるなんて超レアじゃんか!」

「いや、そもそもラブコメ云々《うんぬん》に興味ないし」

「そんな高校生がいてたまるか!」

「あっそ、じゃあさよなら」

「あっごめんなさい調子に乗りました、許してください」

うーん、メリット、メリットかぁ。

他に何があるだろうとあたふたしていると、上野原は一度目を伏せて「ふぅ」と息を吐いた。

「……一応聞いとくけど、やだって言っても引き下がるつもりないよね？」

「もちろんだ。銀河の果てまで追い詰めて勧誘するぞ。だから宇宙一のセールスマンからセリフをお借りした」

「だよね、そんなことだろうと思った。まぁ別にいいよ」

「うーむ、そうか、やはりそう簡単には……ん？」

はっ、あまりにぬるっと返答されたからつい難聴系主人公をやっちまった！

「おい待て、受けるにしてももっとドラマティックに受けろよ⁉　なんのために俺が長々と口上垂れたと思ってんだ！　そういう反応でキャラ立ちするのは冴《さ》えないあの御方だけだ！」

上野原は肩にかかった髪をくるくると指先で弄《もてあそ》びながら、無感情な声で続けた。

「だっていい加減疲れてきたし。君に粘着されるのはマジで面倒そうだし」

「ええ、そんなネガティブな理由で？　もうちょっとこう、みんなが納得するようなロマンのある返答をだな……」

「みんなって、他に誰もいないじゃん」

わけわかんない、と上野原はぱっと髪を後ろに払った。

その顔は、相変わらず無表情。

……いや、そうじゃない。

どちらかというと、〝やれやれ顔〟……かな？

「──まったく。本当に非常識な奴なんだから」

そんな、どこかの世界《ラブコメ》で聞いたことのあるような、いかにも仕方なさそうな声で。

その右手で、パンと俺の手を弾いて──。

「それじゃ──たまには、ちょっとだけ馬鹿をやるのもいいかな、って感じで」

──その口元を綻《ほころ》ばせて、初めて、小さく笑った。

……くそ、なんだよ。

この7番め。

「……笑うとめっちゃ可愛《かわい》いじゃねぇか、ちくしょう」

「キモいんだけど」

「なにゆえディスられた⁉」

「いちいち大げさな物言いがゾワッってきたから」

「褒めて損した！　やっぱ共犯者やめ！　下っ端の鉄砲玉で十分だ！　ばーかばーか！」

「馬鹿って言った方が馬鹿なんじゃなかったっけ？」

――今回の〝告白イベント〟は、完全無欠に失敗した。

だがまぁ……その失敗を補うだけの成果は得られたってことで、よしとしよう。

「ところでさ。君、名前は？」

「……あ」

そう尋ねられて、初めて気づいた。

そういや俺ら、ちゃんと自己紹介してないじゃん。

「俺は長坂《ながさか》。1年4組、長坂耕平《こうへい》だ。好きに呼んでくれ」

「じゃ、長坂。改めて、1年5組、上野原彩乃《うえのはらあやの》。上野原でも彩乃でもお好きにどうぞ」

こうして、俺の〝計画〟は――〝共犯者〟を迎え入れ、新たなスタートを切るのだった。

◆

「――そういえば、上野原《うえのはら》はなんで屋上に？」

「私の下駄箱に君の手紙《ラブレター》が入ってたからだけど？」

「……なんで？」

「お目当の子の隣だからじゃない？」

「…………え、もしかして、俺入れるとこ間違えたの!?」

「ほんと大馬鹿野郎」


うん、なんか締まらないが、とりあえずこんな感じでスタートしたのであった。

第一章　最初から〝登場人物《キャラクター》〟と仲良しだとだれが決めた？

Who decided that I can't do romantic comedy in reality?

上野原との契約が成立した、その翌日の朝。

俺は教室のドアを開け中に入った。予鈴20分前だが、既にそこそこ人が集まっている。

……と、そこで、この時間には珍しい人物を見つけた。

「はよっす、常葉《ときわ》」

「お、はよーっす、委員長」

ラフな調子で挨拶《あいさつ》すると、低くゆったりとした声で返事が返ってくる。

「今日は早いね。いつもの朝練は？」

常葉の所属しているバスケ部は体育会系の部活の中でも特に練習が厳しい。通常なら予鈴近くまで朝練をしているはずだ。

「あー、今朝はあれ。生徒総会の準備があるとかで、体育館使えないんだー」

そう言ってから、常葉は机に広げられていた食べかけの弁当をかきこみ始めた。これが朝食、というわけではなく、朝練後の腹ごしらえ専用の弁当らしい。

「まー、そんなわけでロードワークだけで終わり。でもその分、放課後の練習が倍厳しくなるんだなー……」

常葉《ときわ》はハハハ、と乾いた笑いを漏らす。

がっちりとした体が心なしか小さく見える。なんだか不憫《ふびん》だ。

「はは、それはご愁傷様。そっか、生徒総会って今日だったっけ」

と、さも今思い出したかのように話したものの、無論それは把握済みだ。そもそも昨日屋上の鍵《かぎ》が開いてたのは、屋上倉庫から生徒総会用の荷物の運び出しがあったからだし。

常葉は弁当を食べる手を止めると、2リットルサイズのペットボトルをぐびぐびとラッパ飲みした。

「ぷはぁ。うむ、運動部キャラとマッチした行動でとてもよき。

「ぷはぁ。てか、生徒総会とかやる意味あんのかなー？」

常葉は「うーん」と悩ましげな様子で首を傾《かし》げる。

ん、そうかな、俺は結構興味深いと思うけど。部費の配分から各部の力関係を見たりだとか、使途不明な特別会計の内訳を推測したりとか、過去データと見比べて無駄を削れないか考えたりとか。

……なんて、思うままに発言するのはちとリスクが高いか。

未だに俺たちは〝隣席のクラスメイト〟でしかないし、もし悪い方向に捉えられたら、今後の関係に差し障りが出るかもしれない。

調査したパーソナルデータを鑑みるに、軽く反論したところで悪感情を抱く確率は20％を下回るはずだが、今は念のため、一般的な範疇《はんちゅう》での反応に止《とど》めるべきだろう。

「まぁ、決まりだし、仕方ないよ。それより弁当食べちゃえば？」

常葉は「りょうかーい」とのんびりした声で返答してから、再び弁当を食べ始めた。


――左隣の席のクラスメイト、常葉英治《えいじ》。

1年4組出席番号18番、バスケ部所属。7月9日生まれ、出身中学は峡国《きようごく》市立篠南《しのなみ》中。

身長176センチ、黒髪短髪に、がっしりした体型の典型的運動部。スポーツマンタイプのスッキリした顔立ちであり、広義のイケメン枠に入る。

裏表がない穏やかな性格の持ち主で、ちょっと天然の入った親しみやすい愛されキャラ。

勉強は得意じゃないと本人は言っているが、県下でも上位の進学校であるうちの高校――峡国西《きようごくにし》高校に入学している時点でポテンシャルは高い。

体育会系の花形、バスケ部所属ということと、本人の人柄も相まって、クラス内では運動部たちの中心的存在。ただし、積極的にリーダーシップを取るタイプではないため、どちらかというとマスコット的な意味での中心だ。

女子人気も高く、過去何人かと交際経験あり。しかし、どれも長続きせずフラれて終わっているらしい。原因については手元に情報がなく、要追加調査。現在はフリー。

適性ランク――ビジュアル適性B。基礎能力適性B。性格適性A。行動適性A。発言適性A。

現時点での〝ラブコメ適性〟――A判定。〝親友キャラ〟候補。

以上、〝友達ノート〟より抜粋。

俺は暗記していた基本情報を思い出しながら、どう接すべきかを思案する。

常葉《ときわ》は親友キャラの位置付けに適した人物だ。ムードメーカーとして場を盛り上げつつ、大事な場面では主人公をサポートしてくれたり、時には拳で語り合ったりと、そのポジションで求められる素養をしっかりと兼ね備えている。

加えて、清く正しい男子高校生でもあるため、ちょいエロ系、サービス回系のイベントを起こす上でも適性が高い。

脳筋天然キャラは一人いるだけで物語に奥行きが生まれる、いわばスープのダシ的存在であり、俺はその手の三枚目キャラが大好きである——とか偉そうに言ったものの、素のスペックは俺の方が圧倒的に下なんですけどね。

なにはともあれ、ぜひとも〝計画〟に引き入れたい重要人物の一人である。積極的に好感度を上げて距離を縮めていきたい。

俺が対・常葉用の会話ネタをストックから取り出しつつ雑談に興じていると、気だるげな声が頭上から聞こえてきた。

「うーす」

こちらも同じく、この時間に登校するのは珍しい人物。

「はよっす、鳥沢《とりさわ》。今日もバンド上がり？」

そのまま通り過ぎようとする鳥沢を呼び止め、俺はそう話を振った。

過去の傾向からして、バンドネタなら60％の確率で反応が得られるはずだ。

「ああ……徹夜明けでそのまま来た。家帰るより、学校で寝た方が楽だからな」

鳥沢は立ち止まって、目線だけこちらに向けながら答えた。背負っている使い込まれたギターケースがかちゃり、と音を立てる。

よしっ、コミュチャレンジ成功だな。


——同じくクラスメイト、鳥沢翔《かける》。

出席番号20番、軽音楽部所属。10月16日生まれ、出身中学は峡国《きょうごく》市立北東《ほくとう》中。

身長180センチ、ナチュラルパーマヘアに、手足の長いすらっとしたモデル系のスタイル。気だるげでタレ目がちな瞳と、低音寄りのイケボが特徴的な、バンドマンタイプの超イケメン。

プライベートで眼鏡をかけることがあるが、それはあくまでファッションで、視力は2・0。

音楽活動がライフワークで、部活以外にも学外でロックバンドを組んでライブをしたり、ネットで演奏の配信をしたりと精力的に励んでいる。どちらもパートはギターボーカル。最近は作曲にも手を出しているようだ。

一見、軽い感じのチャラ男に見えるが、実は頭の回転が早く冷静な知性派。勉強に費やす時間が少ないわりに成績はＴＯＰ20に入っている。

言わずもがな女子人気は非常に高く、すでに何人もアプローチをかけているが、本人はさらりと躱《かわ》している。他校に彼女がいるからだとの情報もあるが、噂《うわさ》の域を出ないため要追加調査。少なくとも、学内に親しくしている女子がいないのは間違いない。

クラスでは単独行動を取ることが多いが、群れるのが嫌いな一匹狼というより、集団内の立場に頓着《とんちゃく》していないものと予想。良くも悪くも、我が道を行く自由人である。

適性ランク――ビジュアル適性Ａ。基礎能力適性Ａ。性格適性Ｂ。行動適性Ｂ。発言適性Ｂ。

現時点での〝ラブコメ適性〟――Ｂ判定。〝有能イケメンキャラ〟候補。

以上、〝友達ノート〟より抜粋。


鳥沢《とりさわ》は有能なお助けキャラっぽい性質を持っていて、時に主人公を導くような示唆《しさ》を与えたり、鋭くものごとの本質を突く発言をして、ストーリーを引き締める役割に大きな適性がある。

クラスではグループ無所属の独立ポジションにいるにもかかわらず、入学２週間にして既に一目置かれており、時折漏らす的確な指摘には誰もが耳を傾けるくらいの影響力があった。

また、その手のキャラは男でさえ「素敵！　抱いて！」と惚《ほ》れてしまうようなイケメンっぷりを発揮するため、俺は有能イケメンキャラと呼称し、信奉している。

是非とも計画においてピックアップしたい人物ではあるが、自由人な特性ゆえにどう転ぶか未知数な面もあるため、まずは交友を深めてより多くの情報を得たいところ。

——しかし、予鈴すら鳴っていないこの時間に二人が揃《そろ》うのは珍しいな。

二人ともいつも登校はギリギリの時間で、放課後は部活に学外活動と、好感度上げのタイミングがほとんどない。

近いうちに何らかの〝イベント〟を打とうと思ってたところだし、これは足がかりとして絶好のチャンス！

さてさて、ここはオーソドックスに部活の話題で攻めるのが無難か、それとも趣味とかプライベートの方面から話を広げていくか……んー、どうしたものかな。

「あれ？　エイジ、今日早くね？」

俺が迷っているうちに、後ろから柄の悪い女子の声が届いた。

……くそ、お前まで来やがったか。

ちっ、と俺は心の中で舌打ちし、目線だけその声の方へと向ける。

「おーう、あゆみ、おはよー」

常葉《ときわ》にそう呼ばれた声の主は、その切れ長の瞳を吊り上げて近寄ってきた。

「珍しーじゃん、部活どしたん？　サボりキャラにイメチェンとか？　ウケるー！」

「んー？　そんふぁふぁふぉふぉないふぉ？」

「ちょ、飯食いながら話すなっての！　色々飛んでっから！」

も一サイアクー、とか言いながら、心底嫌がっているわけでもない様子のこいつは〝計画《プロジェクト》〟における目下最大の〝非適性人物〟だ。

——勝沼《かつぬま》あゆみ。

出席番号8番。帰宅部。12月2日生まれ。常葉《ときわ》と同じ中学の出身で、クラスも同じだった。ミディアム丈の金髪パーマヘアに、つり目がちで小さな瞳、濃いめの化粧が特徴的な、いわゆるギャルタイプのビジュアル。

校則が緩《ゆる》いのをいいことにばっちりメイクをキメていて、一見キツい感じの美女に見えるが、地顔は特筆して良いわけでも悪いわけでもない薄顔と予想。上野原《うえのはら》が7位だった『峡西《きょうにし》1年可愛《かわい》い子ランキング』で19位につけているが、これは完全にメイク込みの評価だろう。

性格は良くも悪くも直情的で我が強く、言葉や態度に品がない。下ネタも臆《おく》さず発するため、ギャルの中でも田舎ヤンキータイプが近い。

体育の授業はダルいという理由でサボり気味。他の授業中も隠れてスマホをいじっていたり、近くの仲間とこそこそ雑談をしていたりと、積極的とは言えない。

入学直後に似たようなタイプの女子をまとめてグループを作り、今はチャラ系の男子をもその輪に加え、クラス内最大派閥を形成。そのリーダーとして存在感を見せている。仲間内では比較的寛容だがそれ以外には敵対的で、はっきりと敵味方を区別する傾向あり。

適性ランク——ビジュアル適性C。基礎能力適性E。性格適性E。行動適性E。発言適性E。

現時点での〝ラブコメ適性〟——E判定。〝非適性人物〟筆頭。

以上、〝友達ノート〟より抜粋。


勝沼はうちのクラスにおける反ラブコメ人物の筆頭株であり、対立することの多い相手だった。そもそも根本的に性格が合わないのもあるが、奴の方針が自グループ至上主義であるがゆえに、何かと攻撃を受けるシーンが多いのだ。

特に、同中出身の常葉はグループに囲い込みたい相手らしく、俺がこうして会話をしている時には70％以上の高確率で邪魔をされている。

単にギャルというだけなら〝女王様〟ポジションとして生き残りの道もあろう。だがオカン属性やら、実はオタクに優しい属性やら、そういうプラス要素が皆無なので、単純にお邪魔キャラなのだった。

「よっす勝沼。なんやかやお前だって朝早くね？」

俺は努めてチャラいノリを意識して話しかける。この手の輩《やから》にチョイイケ男子したところで舐《な》められるだけだからな。

「は？　ナガオカに用はねーから」

勝沼はGでも見つけた時のような顔をして、嫌悪感を露《あら》わに言った。

絶対に名前は知っているはずだが、あえて間違えることでアウトオブ眼中を強調しようってか。そうはいかん。

「長坂《ながさか》な、長坂。自分とこのクラスの委員長くらい覚えとこうぜ？」

「ウッザ。つか気安く話しかけてくんなよ、キモいから」

ほら見てよ、この塩分濃度１００％の反応。これも別にツンデレとかじゃないからね、わりとガチな拒絶だから。

「まーまー、二人とも。ほらあゆみ、卵焼きあげるから。好きだろー？」

俺がダイレクトな口撃に内心ビビっていると、常葉《ときわ》がのほほんとした声で卵焼きを差し出した。

「ちょ、エイジそれ食いかけじゃん！　マジないわー」

勝沼《かつぬま》はころっと態度を変えてけらけらと笑う。

……温度差激しいなぁ、もう。好き嫌いで扱いに差をつけすぎだろ。

勝沼はそのまま、常葉と談笑を続ける構えのようだ。地味に俺と常葉の間に体を挟み込んできやがったから、物理的に介入の余地がない。

なんて厄介《やっかい》な奴だ、とぐぬっていた、その時。

「おっはよー！」

背後から鈴のようによく通る声が響き、俺の意識はそちらに奪われた。

——ああ、振り返らずともわかる。

十中八九、間違いなく〝彼女〟だ。

「おっ、芽衣《めい》ちゃん、おはよっす！　今日も可愛《かわい》いなーちっくしょー」

色めき立った様子の常葉が、いつもよりワントーン高い声でそう言った。

とんとん、と軽やかな上履きの音が徐々にこちらに近づいてくる。

「おはよー常葉くん。おだててもこれ以上ご飯は出てこないよー？」

常葉の褒め言葉にも彼女は動じず、にこやかな声でさらりと返した。

「あゆみもおはよっ。今日はいつもよりちょっと早いね？」

「……単に親の都合に合わせただけだし」

勝沼はなんとなくやり難《にく》そうな様子で、そっぽを向きながら答えた。

彼女は、あっ、と口元に手を当てて答える。

「ごめんごめん、話の邪魔しちゃったかな？　ほんと仲いいよねー、二人とも」

「別にそういうんじゃ……あ、ひびきー、ちょいあのハンドクリーム試したんだけどさー」

と、勝沼《かつぬま》は登校してきたグループメンバーを見つけると、そそくさと去っていった。

「お、珍しく鳥沢《とりさわ》くんもいるんだね。バンド帰りかな？　毎日頑張るねぇ」

「別に。で、そういうお前は朝っぱらから何してんだ？」

「あはは、私は普通に登校してきただけだよー。ウチは朝練とかもないしね」

「あっそ」

鳥沢は欠伸《あくび》交じりに答えると、興味なさげな顔で自席へと向かっていった。

彼女は肩を竦《すく》めて苦笑する。

「ありゃ、だいぶ眠そうだね……そっとしといてあげよっか」

「じゃあじゃあ芽衣《めい》ちゃん、俺とおしゃべりしよーよ！」

「うん？　いいけど、常葉《ときわ》くんはご飯食べちゃわなくていいの？　予鈴まで時間ないよ？」

「あー、んー、じゃあさっくり食べる！」

「あ、でも早食いは健康に悪いぞ！　バスケ部の次期エースなんだから、体は大事にしなきゃでしょ？」

「や、優しい！　じゃあゆっくりさくさく食べる！」

そう言って緩《ゆる》やかに弁当をかき込み始める常葉。

——右隣の席の彼女。

さらさらな黒髪。光り輝く天使のような笑顔。トレードマークは、右の目元の涙ぼくろ。

かつて出会ってきた人の中で——もっともナチュラルに、ラブコメヒロインを体現する人物。

俺は呼吸を整えてから彼女を見上げ、ぴたり、と目を合わせる。

大きく明るい色の瞳が、一度だけ瞬《まばた》き——それから、ゆっくりと口を開いた。


「……おはよ、長坂《ながさか》くん！」

「……おはよ。清里《きよさと》さん」


清里芽衣《めい》。

彼女こそ、告白イベントの本来の対象者《ターゲット》。

そして、俺の計画《プロジェクト》における最重要人物——〝メインヒロイン〟である。


「長坂くんは相変わらず早起きだね。電車通学なのに感心だ」

自席に腰掛けてから、ちらり、と上目遣いな目線をこちらに向ける。

リアルじゃあざとく感じてしまいがちな小悪魔的しぐさだが、その作り物じみた美貌《びぼう》のせいで「あ、二次元キャラならアリだわ」と納得してしまうほどハマって見えた。

俺は爽《さわ》やかな印象になるように意識しながら笑いかける。

「はは、そんなことないよ。元々朝型だから、早いのは慣れてるんだ」

「へー、私は朝弱いからなぁ。もう部屋のドア開けたら教室であってほしい！」

「それだと他の部屋に移動できなくない？」

「あ、そっか。じゃあ、当たり障りのないところで、お父さんの部屋のドアにしとく！」

「それじゃお父さんが毎朝学校に来ちゃうんじゃ？」

「む、それはパス。世の中そんな甘くないかぁ」

表情をころころと変えながら軽快に話す清里さん。

その話しぶりに淀《よど》みはない。すべて思うがまま、自然体で話しているのだ。

「……あっ、そうだ。前言ってた私のオススメの小説、いくつか持ってきたよ。ちょっと渡しそびれちゃったから……昨日」

「え、マジで!?　ありがとう、楽しみにしてたんだ！」

「……はい、これどうぞ！　あ、推理小説は読まないって話だったけど、絶対に面白いと思うの一つ入れといたから、チャレンジしてみて！」

「おお、さすがは人間図書館！　信頼してます！」

「またまたー、普通だよ普通。あ、料金は一泊300円ね！」

「TSUT〇YAの方だったかー！」

たはー、と額を叩《たた》く俺。

そんな俺の反応を見た清里《きよさと》さんは、口元に手を置いてくすくすと笑う。

「ほんと、長坂《ながさか》くんは派手な反応するねぇ。……そうだ、試しにコンビ組んで漫才でもやってみる？　夫婦《めおと》漫才とか！」

「んん？　こ、言葉の意味わかってる？」

「なんとなく？　夫婦っぽい漫才でしょ？」

「う、うん」

「もうあんたとは離婚よ！」

「早くもコンビ解消!?」

このコメディ感溢《あふ》れるセリフ回し。

俺のように練習で培ったものではない、まさしく天然モノのトーク力。

……ああ、楽しい。

これだ。こういうラブコメなやりとりができる現実を、俺は生きてみたかったんだ。

――キーンコーンカーンコーン。

だが無情にも、チャイムの電子音が俺をいつもの現実へと引き戻した。

「あ、予鈴だ。ちょっと私、飲み物買ってくるね！」

最後はにこりとお決まりの笑みを浮かべ、軽く手を振ってから立ち上がる。その動きに合わせて桜の花のような香りがふわりと舞い、鼻腔《びこう》をくすぐった。

廊下までの短い道すがら、清里さんは「穴山《あなやま》くん、あとで漫画の続き貸してね」「イズミ、松ヤニ落ちてたから部室に投げ込んどいた！」「井出《いで》くんは今日もキマってるねー」などなど、他のクラスメイトたちへも気安い言葉と笑顔とを振りまきながら、教室を出ていった。

「あの子、ホントに天使だよなー……可愛《かわい》いし元気だし優しいしさー……」

「……あぁ、本当にな」

ぽわんとした表情の常葉《ときわ》に同意する。

――やっぱり彼女は計画になくてはならない存在だ。

昨日は失敗したが……その程度じゃ、俺は諦めないぞ。

そう決意を新たにしてスマホを取り出すと、俺は登録したばかりの〝共犯者〟に向けてメッセージを送った。

◆

「――で、早速話がしたいって言うから来たけど。今日は何の用？」

その日の放課後、昨日のハンバーガーショップ――以後、〝M会議室〟と呼称――にて、上《うえ》野原《のはら》と顔を突き合わせていた。

まだ夕食には早いので、この時間の利用客はさほど多くない。勉強している他校の生徒や、書類を広げて打ち合わせをしているサラリーマンがいるくらいだ。これなら他人の目を気にする必要はないだろう。

俺は昨日と同じ席に座り、持参したタブレットＰＣの準備を進めている。

先に現地に着いていた上野原は、相変わらずの澄まし顔でフルーリーをつついていた。トレーの上もまた同じく甘味パラダイスである。

「……気になってたんだけど、いくら甘いもの好きっつっても限度があるだろ。太るぞ」

「食べても太らない体質だから、私。小６くらいからずっと同じ体型だし」

「ああ……それはなんていうか、ご愁傷様」

「それセクハラ。てかどこ見てんのかモロバレなんだけど」

「し、身長のことだよ身長！」

あぶないあぶない、つい胸部をガン見してしまった。

「ごほん。えー、とりあえず。こちらが本日の資料《レジュメ》になります」

上野原の冷たい目を咳払《せきばら》いでごまかしてから、俺は8枚綴《つづ》りの冊子を取り出した。

「ちなみに終わったらそれ回収な。元データはクラウドにあげとくから、見たけりゃオンラインで参照してくれ。後でお前のスマホにパス送っとく」

「……ラブコメってこんな仕事っぽい感じで始まるものなの？」

「はいそこ、ここからは真面目な会議だぞ。意見があれば手を挙げて、指されてから発言しろ」

のっけからドン引きな様子の上野原に資料を押しつけて、話を進める。

「さて、まず俺の計画《プロジェクト》──〝ラブコメ実現計画〟の大目的は、その名の通り現実にラブコメを作り上げること。ラブコメの定義は昨日伝えた通りだが、美少女といちゃラブするのだけが目的じゃなくて、もっと広範囲な青春ドラマ路線だと思ってくれりゃいい」

例えるなら、手乗りの虎と強面家庭派主人公がノリのいい同級生《クラスメイト》たちと青春ど真ん中な学校生活を送るあの名作とか、ぼっちで卑屈な主人公が真に心の繋《つな》がった特別な関係を求めた伝説の名作の方向性だ。いやマジ、聖夜祭のシーンは100回泣いたし、ヒロイン二人に本音を吐露したシーンは1000回震えた。異論は認めない。

なお、ラブコメとしては美少女ハーレム系とか甘々いちゃラブ系の方を主流とする向きもあるが、各種属性持ちの個性派ヒロインを量産したり、時には物理法則やら法律やらを超越する必要があったりするので、泣く泣く断念した。俺だって元カノと同居したり、お隣の美少女に夕飯作ってもらったりしたいだけの人生だったさ……。

「んで、それ系のストーリーになるように、人や環境をコントロールしてくのが主な活動になる。その手段として色々情報を集めたり、主体的にイベントを起こしたりするわけだ。ここまではいいか？」

上野原《うえのはら》は資料片手にこくりと頷《うなず》いた。一応真面目に読んでいるらしい。

俺は説明を続ける。

「計画は進展状況によって何段階かに分けてある。今はその第1段階――登場人物の選定フェーズだな。今後中心的な存在となる〝登場人物〟を見つけ出して、ラブコメできるような関係性を築くのが目標だ」

最近はヒロインと仲睦まじい状態からスタートしたり、信頼のおける友人キャラがいたりするケースが多い。話題作で言うと、白い学園のアイドルと黒い世話焼き幼なじみがなんだかんだ主人公のことを好きな話とか、ウザ絡みしてくる友達の妹と辛口対応の従姉妹がやっぱり主人公のことを好きな話がわかりやすい……てか主人公好かれすぎだろ羨ましいなチクショウ。

遺憾ながら、誠に遺憾ながら、俺に最初から同盟を組めるような相手は皆無だ。加えて、家は高校から山一つ越えなければならないほど離れている。中学までとは全く生活圏が被っていないから顔見知り一人おらず、人間関係に関してはマジでゼロからのスタートである。

と、ここで上野原が手を挙げた。意外と素直だな、お前。

「はい、上野原さん」

「長坂《ながさか》ってやっぱ友達いないの？」

「……喧嘩《けんか》売ってるのか、あ？　あとやっぱって何だやっぱって」

「あえて登場人物とかキモく言わなくてもさ、適当に友達作ってラブコメすればいいじゃん」

はぁぁぁぁー、と俺はくそデカため息をついた。これだから、考えの浅い素人は困る。

「あのな、友達全員と無条件でラブコメできると思ってんのか？　常識的に考えろ、常識的に」

「……誰よりも非常識な奴に常識とか言われたくないんだけど」

「ラブコメでわからなきゃ別のもので置き換えて考えてみろ。偶然知り合った友達が、ドラマの登場人物みたく美男美女かつキャラ立ちしてるか？　全員と少女漫画みたいな大恋愛できると思うか？　他にも……ヒロイン候補に、実は隠れて付き合ってる恋人がいました、とか。そんなトラブルが起こったらどうするんだ？」

「……まぁ、そう言われれば。そもそも長坂からしてビジュアル微妙だし」

やっぱ喧嘩売ってるな？　事実だから何も言わんが、もう少し気を使ってもいいと思うぞ？

「いいか、ラブコメには適性というものがある。モブやガヤとしてならともかく、中心になるであろう人物はしっかり選定しないと、話がどう転ぶかわかったもんじゃない」

そりゃ、ラノベや漫画じゃそんなの気にする必要すらないんだろうが、現実にはやっぱりジャンル違いの人はいる。主人公口調に対して「リアルでそういう喋《しゃべ》り方するの引くわー」とか、学祭を盛り上げようとして「お遊びにガチになるとかダサくね？」とか、旅行の計画を組もうとして「そんなことより勉強しないと将来苦労するよ？」みたいなことを言っちゃう面々と無条件で学園青春ストーリーが送れるのか、という話だ。

「そうでなくとも俺の周りにはテンプレキャラ属性持ちがいないんだ。幼馴染《おさななじみ》の一人すらいないんだぞ？　いくらなんでもひどいと思わないか？」

「え、幼馴染とか気まずいだけでしょ。自分の昔を知ってる相手とか普通に嫌じゃん」

上野原《うえのはら》は僅《わず》かに眉《まゆ》を顰《ひそ》めて言った。

「あーあー、これだから幼馴染は負けるとか噛《か》ませとか宣《のたま》う輩《やから》は！　朝起きたら素知らぬ顔で居間でご飯食べてる日常の象徴的尊さとか、かつて手渡したプレゼントをずっと大事に取っておいてくれる健気《けなげ》で一途な尊さとか、ガキ大将にいじめられてる俺を『こうへいくんはわたしがまもるから！』と震えながら懸命に守ってくれようとする献身的尊さとかわかんねーのかなー、あー昨今の風潮ホントない、ホントないわー」

「ちょ、何で急に語り始めてんの……？」

「いいか、幼馴染はもっとも身近な他人だぞ、今までの人生で家族の次に長い時を過ごしてきた相手だぞ、そんなどう考えてもトクベツに決まってる相手を否定するのか貴様はアァン？」

「いや、まぁ……そういう意味ならわからなくはない……のかも？」

上野原は俺の魂の言葉に圧《お》されたのか、その身をススス、と引きながら答えた。

ったく、これだから非オタ《バンピー》は。キャラ属性に対する教養がなくて困る。

「とにかくだ。俺の周りはラブコメキャラ不毛の大地だから、登場人物を選ぶ上でことさら慎重にならなきゃいけないの」

上野原は「はぁ」と息を吐いて、腕組みしてから続けた。

「でも、それならその適性ってのを調べなきゃ友達なんて……と、なるほど、そっか。アレはそう繋《つな》がるってわけ」

上野原は思い当たることがあったのか、話の途中でピンと指を立てた。

「察しがいいな。そう、そのための〝友達ノート〟ってわけだ」

俺の友達ノートは、ただの個人情報データベースではない。登場人物を選定するための情報分析ツールでもあるのだ。

俺は上野原に渡した資料を見るよう促す。

「そこに候補者の情報を抜粋して載せたんだが、その中に適性ランクって項目があるだろ？」

「このBとかAとか書いてあるやつ？」

「それ。ランクはEからAまでの5段階で表わしてて、性格とか行動傾向とか、全5分類の項目に細分化してる。で、もろもろ総合した評価値が〝ラブコメ適性〟だ。これがB以上ならラブコメキャラの資格あり、って感じな」

ちなみに上野原はCランクだった。ビジュアルはいいんだが、その他の項目が軒並み普通で、可もなく不可もなくの域を出なかったのだ。

俺はドリンクを一口飲み込んでから続ける。

「しかし流石《さすが》は峡西《きようにし》と言うべきか……想像以上にランクの高い生徒が多くてな。うちのクラスだけでも3割くらいは見込みアリだし、評判通りの学校みたいでよかったよ」

峡国西高校《きようごくにし》──通称峡西は、明治時代に女学校として開校した伝統校だ。昭和に入って共学化してからは進学校としても有名になり、県下でも上位の進学実績を誇っている。

また同時に、峡西はお祭り学校としても有名だった。

自由で開放的、かつ生徒の自治を重んじる校風で、昔から生徒会活動がアクティブ。特に学校行事に力を入れていて、学園祭の一般公開日には多くの来場者が訪れる。

俺の場合、通学に山一つ越える必要があるんだが……これ以上環境に恵まれた学校は他になく、多少無理してでも行くべきだと進学を決意したのだ。

「あれ、Sランクってのがあるけど?」

ぺらぺらと資料をめくっていた上野原《うえのはら》がそう口にした。たぶん彼女のページだな。

「Sランクはヒロイン適性者にのみ設定される特殊ランクだよ。Aランク判定の人の中で、さらに〝ヒロイン要件〟ってのに合致する人がそれになる」

「ふーん……で、判定ってどう決めてるの？　きっとテキトーってわけじゃないんでしょ？」

「無論だ。細かいから資料にゃ載せちゃいないが……算出基準はこんな感じ」

俺はタブレットの画面に資料を映してから、くるりと回して見せる。

上野原はアップルパイをもぐもぐと頰張《ほおば》りながらすらすらと読んでいく……と思ったら、途中から口は止まり、目は段々と険しくなっていった。

そして唖然《あぜん》とした様子で呟《つぶや》く。

「……なにこれ。めっちゃ数式が書いてあるんだけど」

「そりゃ、ちゃんと数値的に処理してるからな。やるからには意味あるものにしないとだろ」

「かせつけんてい？　ゆういすいじゅん？」

「あー、まぁその辺の細々《こまごま》した部分を気にする必要はない。いろんなデータを数値化してランク出してるとだけ思ってくれれば実務上問題はないから」

ある程度専門的に勉強してなきゃ意味不明だろうしな。

「そんで、その資料の２ページ目から記載してある人が……って、どうした？」

俺は話を進めようとして、先ほどと同じ姿勢で固まったままの上野原に気づく。

「……ねぇ。こういうのって、どこかに元ネタがあるの？」

上野原はやけに真面目なトーンでそう切り出してきた。

俺は一瞬返答に迷ったが、別に隠すことでもないと判断しさらりと答える。

「いや、オリジナルだぞ」

「嘘《うそ》でしょ？　これ全部？　自分で？」

「まぁ……多少は人に手伝ってもらったり、必要な勉強はガッツリしたけどな」

正真正銘《しょうしんしょうめい》本当のことだ。何も嘘《うそ》なんてついていない。

「ふーん……」

上野原《うえのはら》は感情を感じさせない表情のまま、俺の目をじっと覗《のぞ》き込む。

その色素の薄い瞳に、なんとなく心の内まで見透かされているようで、つい萎縮《いしゅく》してしまう。

……こいつのこの目、結構怖いんだよな。

「そんな熱い瞳で見つめないでくれ。恋してしまいそうだ」

「ギャグにしてもキモすぎる」

「くっ、やはり俺にハードボイルドは無理か……」

やっぱこの手のセリフは身も心も地の文もイケメンな千歳《ちとせ》神だからハマるのかなぁ。俺には某オタク主人公なノリが合うのは分かってるけど、ちょっとくらいは神に近づきたい……。

こほん、とごまかすように咳払《せきばら》いをしてから、俺はタブレットPCを手元に引っ張り戻した。

「……横道に逸《そ》れたな。いくらうちの生徒が少ない場所だからって、長居すると身バレのリスクが高まる。話戻すぞ」

ここ〝M会議室〟は、学校から徒歩15分の距離ながら、大通りから外れた見つけにくい場所にある。知人に遭遇する確率は低いが、会議の内容的にも警戒するに越したことはないだろう。

上野原は目を閉じて一呼吸置いてから、再びアップルパイを頬張《ほおば》り始めた。

俺は密かに安堵《あんど》の息を吐いて続ける。

「で、だ。目下攻略すべき候補者は、手元の資料に載せた3人。全員うちのクラスだな」

ずばり、〝メインヒロイン〟の清里《きよさと》さん、〝親友キャラ〟の常葉《ときわ》、〝有能イケメンキャラ〟の鳥沢《とりさわ》を対象としている。

他クラスにも何名か候補者はいるし、ゆくゆくは先輩後輩など学校全体に対象範囲を広げていきたいが、まずは身近なクラス内で地盤を固めることを優先した形だ。

と、上野原が意外そうに呟《つぶや》いた。

「男子二人に女子一人なんだ。もっと女の子だらけにするのかと思ってた」

「アホ抜かせ、そう簡単にSランク判定が出るわきゃないだろが。同じクラスにヒロインがぽこじゃか湧いて出たら俺はこんな苦労してないわ。理性的に考えろ、理性的に」

「その煽《あお》りほんと腹立つ」

上野原はジト目でこちらを睨《にら》んでからアップルパイをぺろりと食べ終えて、卓上の紙ナプキンで口元を拭《ぬぐ》った。

「で、この女の子が手紙《ラブレター》の相手ってこと？」

「うむ。彼女だけは絶対に引き入れたい。そのためにクラス配属まで調整したんだから」

「……マジで？」

うちの学校は入試成績と進路希望によってだいたいのクラスが決まる。

その年の入学者数や希望の偏りで多少変化するが、通常は1組から4組が文系クラス、5組から8組が理系クラスとなり、うち4組と8組が私立大学希望者のクラス（通称シリクラ）、1組と5組が難関国公立希望者の属す高習熟度クラス（通称イークラ。頭イイクラスの略らしい）に設定されることが多かった。

その辺りの内情を知っていた俺は、入学前の調査で得た情報を元に、清里《きよさと》さんが配属される可能性の高い私立文系クラス（4組）を狙《ねら》い撃ちにする希望を出したのである。

「お目当ての彼女と同じクラスになるためだけに希望進路をでっち上げた、と……そんなんで大学受験大丈夫なの？」

「勉強は最悪一人で頑張ればどうにでもできるだろ。それよりもあの子との接点を増やす方がよっぽど有益だ」

同じクラスなら必然的に接触の機会は多くなる。俺に偶発的な好感度アップイベントなんてめったに起こらないため、その環境は多少無茶をしてでも手に入れたいものだったのだ。

「……そこまでするほどの子？」

上野原《うえのはら》は興味が湧いたのか、資料に目を落として内容を熟読し始めた。

そう──俺がなんとしてもお近づきになろうとした、リアル二次元美少女。

それが、清里芽衣《めい》という〝メインヒロイン〟だった。

◆

――清里芽衣。1年4組出席番号10番。テニス部所属。4月2日生まれ。出身中学は県外の赤川《あかがわ》学園中等部。中高一貫校だが、親の仕事の都合で高校進学とともに峡国《きょうごく》市に転居。現在は市内北東部の実家から高校に通っている。

身長160センチ。サラサラの黒髪を肩口でボブに切り揃《そろ》えており、部活など運動の時には後ろで一つに結ぶことが多い。

大きな瞳と、長い睫毛《まつげ》、右目の下に涙ぼくろ。口や鼻は小さく、すべてのパーツが整っている。さらにスタイルもよく、しなやかな肢体に高1とは思えない発育で、『峡西《きょうにし》1年可愛《かわい》い子ランキング』『峡西1年付き合いたい子ランキング』いずれも2位にダブルスコアの差を付けての第1位。

外見は大和撫子《やまとなでしこ》系のおとなしそうな容姿だが、性格は明るく快活、誰にでも分け隔てなく優しい元気型天使キャラ。ノリもよく、会話におけるボキャブラリーも多いため、ラブコメのコメディーパートにも即対応できるトーク力を持つ。

中学時代からテニス部に所属しており、シングルスにおいて全国大会に出場経験あり。成績は国語の学力がトップレベルで、文系科目の成績は学年5位である。

――中略――

男子人気は天井知らずで、1年のみならず上級生にまでファンが続出。男性遍歴は不明だが、公に交際を明言するような相手は一人もいなかったらしい。少なくとも、高校入学後の今は交際相手がいないという確証を得ている。

クラスメイトとは満遍なく仲が良いが、特定のグループには属していない。遊びに誘われても部活を理由に断っており、誰かとどこかへ行ったという話も聞かない。部活内でも特定の人と仲良くする様子はなく、現状ではよくも悪くもフラットな人間関係を築いている。

——中略——

趣味は読書で、好きなジャンルは推理小説、ノンフィクション小説。逆にエンタメ系、恋愛系の小説や、ラノベの類《たぐ》いはまったく読まないとのこと。

家ではパジャマ派、お風呂はご飯の前に入るタイプ。歯磨き粉の味はミントグリーンが好き。乾燥肌らしく、部活後の手指の荒れが最近の悩み。スマホは手帳型ケースを愛用、化粧ポーチにはリップクリーム、デオドラントシート、ハンドクリームなどを常備し——以下省略。

適性ランク——ビジュアル適性A。基礎能力適性A。性格適性A。行動適性A。発言適性A。
現時点での〝ラブコメ適性〟——S判定。〝メインヒロイン〟ポジション確定。
以上、〝友達ノート〟より抜粋。

「……半端ないな、これ」

上野原《うえのはら》が目を細めつつ呟《つぶや》いた。なお、３ページ目以降はすべて彼女の情報である。

「だろ？　もはや二次元ヒロインじゃん！　ってレベルだよな？」

「いやまぁ、この子も大概だけど、リサーチの情報量と内容が果てしなくヤバい」

「ほんとは中学時代のディティールまで追いたかったんだ。つっても流石《さすが》に県外じゃ限界があってだな……」

「これでもまだ足りないってどんだけ……」

上野原は額を押さえながら首を振った。頭痛薬のＣＭとかでよく見るポーズですね。

「てかさ、県外出身者なのにどこで知り合ったの？　クラス合わせたって言うなら入学前から知ってなきゃ無理でしょ」

「ああ、初めて見かけたのは入試の時だよ。試験会場の部屋割り、だいたい地域別になってたろ？　県外とか、遠方の中学から来てる少数派は同じ教室にまとめられてたから」

もっとも、座った席は対角位置でかなり離れていたから、会話なんてできなかったがな。

「もうさ、彼女が教室に現れた時なんて、あまりの場違い感に『あれここアイドルのオーディション会場だっけ？』みたいな空気になったよね。みんな試験勉強そっちのけでガン見」

「……確かに。あのレベルじゃそうなってもおかしくないか」

「ん、あれ、知ってたのか？」

「ううん、遠目にちらっと見たことある程度。これ読んで名前と外見が一致した」

上野原《うえのはら》は、ぺしんと手に持った資料を叩《たた》く。

「それに、うちのクラスでも噂《うわさ》になってたからね。４組にすっごい美人がいるって」

「やっぱ学年7位から見てもそう思う？」

「比較対象は一般人じゃなくて芸能人でもよさそうじゃん、あれ。あと次に7位って言ったら通報するから」

　そうして掲げられたスマホの画面には『Emergency call』の文字が！

　マジでやられそうで恐怖した俺がお口にチャックしていると、上野原はシェイクを一口飲んでから続けた。

「で、超美人だったからヒロインにしてやろうって話なわけ？」

「いや、ビジュアルだけ良くてもヒロイン《Sランク》にはならない。より大事なのは行動とか性格だからな。その点あの子は、入試の時点でそのポテンシャルを見せつけてきたんだわ」

「ポテンシャル？」

　俺は当時の情景を思い出し、一部始終を語ることにした。

「あれは、ちょうど試験終了の10分前くらいだったかな……清里《きよさと》さんの隣の席の子が、ガシガシと勢いよく消しゴムをかけ始めた。たぶん、解答欄を間違えてたとか、そういう理由だと思う。んで、勢い余って消しゴムを落としちゃったんだ」

　だいぶ焦っていたようだから、力加減を誤ったんだろう。落下した消しゴムはころころと転がって、かなり遠くまで行ってしまったようだった。

「それでその子、目に見えて動揺しちゃってな。さっさと巡回してる試験官に言えばいいのに、いつまでもオロオロと戸惑ってたんだ」

ただでさえ終了時間が目前に迫っていて、下手すれば不合格になりかねない状況だ。頭が真っ白になってしまう気持ちはわかる。

「そしたら清里さんがさ。予備の消しゴムを取り出して、何やら細工をしてからその子に渡したんだ。消しゴムを受け取ったその子は、こくこく頷《うなず》いてからさっと試験に戻った」

そこからその子は集中して、なんとか最後までに解答を書き切ったようだった。

消しゴムを渡されてからの変化が劇的だったので、気になった俺は、試験後にその子に話しかけ、何があったか聞いてみたのだ。

「その消しゴムには『落ちついて、まだ大丈夫』って書いてあったんだとさ。彼女はそれで平静を取り戻せたんだって。そんなのバレたら自分が失格になるかもしれないのにな」

その行動は、清里さん自身に益のあるものではない。むしろリスクしかない危険な行為だ。

我が身を顧みず、見ず知らずの他人のために動いた彼女を見て、俺は確信した。

「あの場で咄嗟《とっさ》に人助けができるような、そんな心優しい子なら……きっと俺の計画のメインヒロインに相応《ふさわ》しい。そう思ったんだ」

それは俺にしては珍しく、データに基づかないただの直感だったが……きっと間違いじゃない。不思議とそう確信できた。

実際その感覚は間違ってなくて、後の調査で数値的にも彼女の適正が保証され、晴れて彼女をメインヒロインに据えた現在の計画ができあがった、というわけである。

「な？　俺が確保に必死になるのも納得だろ？」

俺はドヤ顔で上野原《うえのはら》の顔を見た。

が……黙って聞いていた彼女は、何やら難しそうな顔をしている。

「どうした？　何か気になることでも？」

上野原は俺の質問を受けて、首を横に振った。

「ううん、なんでもない。ちょっと別のこと考えてた」

「別のこと？」

「ん……長坂《ながさか》はよく試験中に始終ガン見できる余裕あったなって。まさか頭いいの？」

「おいコラ、結局俺ディスに走んのか。予想範囲がバッチリ当たって時間が余ってたんだよ」

「ちなみに入試成績は？」

「あん？　総合10位でお前より2つ下だ、悪かったな」

「……マジか、こんなのと僅差《きんさ》なんだ」

え、なんか遠い目して外見てるんですけど。え、超心外なんですけど。

なんだか釈然としない気持ちでぶーたれてると、上野原はシェイクを飲み切ってから続けた。

「にしても、よくそんな子相手に告白なんてしようとしたね。無謀というか無惨というか」

「無惨って何⁉　つーかそもそもな、〝告白イベント〟は断られていいんだよ！」

「え、フラれて嬉しいの？　ドMってこと？」

「はいもうディスはスルーしまーす。あの子の場合、そのくらいインパクトあるイベントをやらないと、いつになってもクラスメイトAから抜け出せないと思ったんだっつの。流石《さすが》に隣の席の男から入学2週間で告白されたら、何かしら意識はするだろ？」

なんやかや、隙あらば清里《きよさと》さんとお近づきになろうとアプローチをかける連中は少なくない。クラスでもチャラい系の面々を筆頭に、色々なグループが彼女を取り込もうと動いている。

現状、清里さんの方から誰かしらとつるもうとする動きはないため、彼女との関係を一歩先に進めるためには、多少無茶でも劇的なイベントが必要だと考えたのである。

俺の答えに対し、上野原は「へぇ」と珍しく感嘆交じりの声を漏らした。

「なるほどね。そもそも断られることが前提で、恋人は無理だけど友達なら、ってなるのを狙《ねら》ったわけ。ドア・イン・ザ・フェイスって言うんだっけ？」

「おお、よく知ってるな。そう考えれば悪くない案だろ？」

「でもやっぱあのシチュはキモいでしょ。今時手紙で屋上に呼び出しって時点で狙いすぎでドン引きだし。で、くっさいセリフばっかりの自作ポエムに本名書いて下駄箱に投函とか、私なら恥ずかしすぎて外歩けなくなる」

「言わせておけばァッ！　表に出ろ、テンプレサイコーしか言えない体にしてやる！」

俺は憮然《ぶぜん》とアイスコーヒーを口に運び、氷が溶けて薄まった味に顔を顰《しか》める。シェイクも失敗だったが、これもダメか。今度はホットコーヒーにしよう。

——すると、上野原《うえのはら》はふっと嘆息して、資料をテーブルに置いた。

そしておもむろに呟《つぶや》く。

「……まったく、延々と何に付き合ってるんだか、私は。冷静に考えれば、変な話ばっかり」

「おい、いい加減ディス芸は——」

やめろ、と非難しようとした時、上野原が小さく口元を緩《ゆる》めた。


「ほんと……馬鹿なこと、してるな」


その時の表情は、劇的ってほど違うものじゃなかったけど。

いつもとのギャップゆえか、やけに楽しそうに見えて、俺は思わず言葉を失ってしまった。

続けて上野原は、ぱん、と膝を叩《たた》いて立ち上がる。

「さて、真面目に反応してたら疲れたし、追加で何か甘いもの買ってくる」

「お前こんだけ食べてまだ足りないの⁉」

「え、これでも控えてた方なんだけど」

「甘味消費量だけ二次元キャラっぽいな！」

そんな意味わからんとこだけキャラ立ててくんじゃねーよ！

◆

「──さて。じゃあ再開するぞ」

俺は上野原のトレーに追加されたクリームパイの山を見なかったことにして続けた。

「とにもかくにも、清里《きよさと》さんたちとの関係を深めるのが当面の目標だ。最低でも、声をかければ気軽に集まれる程度の仲にはなっておきたい」

現状、会話の機会すら作るのが難しいって状況だしな。

「とはいえ、今朝みたいに雑談を繰り返すだけじゃ効果は薄いし、やっぱ何かしらイベントを起こして一気にお近づきになりたいところだが……」

「じゃあ、とりあえず告白イベントをやり直す？」

「うーん、あれはタイミングに恵まれてたのも大きいから。今からもう一度っていうのは微妙かなぁ」

屋上はいつも通り開かずの間になってしまったし、他に告白イベントに適した候補地もない。

それに男友達二人との関係も深めたいから、別の作戦を考えるべきだろう。

「一応、他にもイベントのストックはあるけど……ん、そうだ。何か、いいアイデアはないかね？　〝共犯者〟君」

ふと気になって聞いてみた。

ダメ元だが、聞くだけならタダだろう。てか多少頭働かせて糖分消費した方がいいと思う。

俺の言葉を受け、上野原《うえのはら》は左手の上に右肘を乗せ、右手で口元を隠すようなポーズを取り黙り込んだ。

「……確認。まずは一緒にいられるような関係になればいい？　グループにまとまるとか」

と、1分にも満たない沈黙の後、上野原は顔を上げた。

「ああ、そうだな。余計な輩《やから》が交じらないとなおいい」

「そ。なら、これとかどうかな」

そして自分のスクールバッグに手を伸ばすと、中から一枚のプリントを取り出した。

俺は差し出された紙面を見て、見覚えのある文面だと気づく。

「……応援練習？」

そのプリントは、今日のＨＲで配られたものと同じだった。

タイトルには『総合体育大会壮行会　応援練習の実施要綱』と記載されている。

「知ってるっしょ？　噂《うわさ》の応援練習」

「ああ、もち。毎年泣き崩れる女子が出るっていうアレな。有名だもんなぁ」

応援練習はこの時期の峡西《きようにし》における風物詩で、浮わつき気分な新入生の性根を叩《たた》き直すスパルタ系の学校行事だ。

内容としては、壮行会——総体前に全校でやる激励会——における応援の事前練習で、やり方を知らない1年生を対象に、応援団や応援委員なる有志の先輩方に振り付けの指導を受けるというものである。

たかが練習と侮《あなど》るなかれ。これが結構体育会系のノリらしく、周囲を囲む先輩方から大声で叱責《しっせき》されたり、テキトーしてると怒号が飛んできたりと、なかなか精神的にクるらしい。

昨今の風潮にそぐわないと問題視する声もあるようだが、一応歴史ある伝統行事であり、先輩方もポーズとしてやってる人が大半らしいので、今なお残ってるのだとか。

「それで、どう〝イベント〟として活用すると？」

学内行事である以上、俺も存在は把握していた。が、現状のニーズとはマッチしないと判断し、特段意識していなかったのだ。

「これ、クラスの代表者で、振り付けの事前指導に行かなきゃならないでしょ？」

ちょいちょい、と上野原がプリントの一部をなぞる。

そこには『クラス代表4名が応援団員による事前指導を受け、全体練習までにホームルームにて共有のこと。壮行会当日は最前列にて応援のこと』と書いてある。

……あ、なるほど。そういうことか。

「このクラス代表を〝登場人物〟で固めてみたらどう？　少なくとも、合理的な理由でグループを作れるじゃん？」

そう言って、ピン、と人差し指を立てた。

「こういう共通の目的を持ったグループだったら協力し合わなきゃならないし、会話の機会も増える。内容としてもストレスの溜まるイベントだから、吊り橋効果も期待できるかも」

吊り橋効果とは、不安や恐怖などの感情を抱いている時に一緒にいる人物に対して好意を持ちやすくなるというものだ。つかさっきといい、こいつよく心理学用語なんて知ってんな。

「一応学校行事だから正々堂々グルーピングできるし、それをクラス中にアピールできるメリットもある。活動時間が決まってて部活よりも優先されるから、別途スケジュール調整の必要もない。これを機に固定グループとしてがっちり囲っちゃえば、第1段階クリアじゃない？」

スラスラと語り終え「どう？」と首を傾《かし》げる上野原《うえのはら》。

……ははぁ。なるほど、なるほど。

ものは試しで聞いてみたんだけど、これは。

「…………素晴らしい！」

俺は自然と手を叩《たた》いていた。

油断すると涙さえこぼれ落ちんばかりである。それほど俺は、感動している。

「ちょ、え、なんで拍手？」

上野原が突然の俺の行動に戸惑った様子で周囲をきょろきょろと見回す。

「これといってデメリットもないし、それでいて成功確率も高い。完璧《かんぺき》だ！」

妥当性、自然性、そして正確性。すべて揃《そろ》えた素晴らしいイベントじゃないか！

ああ、自分で思いつけなかったことが悔しい限りだ。だが許そう。今は予想以上に素晴らしい成果を出した共犯者を讃えるべきだ。

「上野原、お前すごいぞ。イベント作りの才能あるな！」

所在なげに置かれていた上野原の手をガシッと掴む。

「は？　や、ちょ」

「いやぁ感動した！　それ絶対いけるって！　やるなこんにゃろう」

ブンブン上下左右に手を振った。

「ま、待って、痛い、痛いって！」

「あ、悪い」

手をパッと離す。喜びのあまり強く握りすぎてしまったようだ。

上野原は困惑顔のまま両手をスリスリとさすっている。

「まったく……いきなり手を触るとか、人によっちゃ普通にアウトだから。ドン引かれるよ」

「すまんすまん、つい興奮して過剰反応しちまった。だが、さすがは俺の見込んだ共犯者だ。やっぱ勧誘して正解だったな」

「別に……大したこと言ってないし」

上野原《うえのはら》はくるくると後ろ髪をいじりながら、呆《あき》れ声でそう言った。

ともあれ、素晴らしいイベントの提案である。これは実行あるのみだ。

「よーし、以後これを〝応援練習イベント〟と呼称する。早速詳細を詰めていかないとな！」

さてさて、どんなシナリオにしようかな？　応援練習自体のコントロールは難しいから、基本は前後の時間を活用することになるよな。となると、練習後にみんなで寄り道したりとか、お疲れ様会したりとか、そういうのが王道《セオリー》だよなぁ。

「あのさ、お楽しみのところ悪いけど。問題が一つ」

俺がノリノリで妄想していると、顔色を落ち着かせた上野原に声をかけられた。

「代表者を登場人物で固めるって言ったけど、それをどうやって選出するかがネック」

そう言って腕を組み、背もたれに身を預ける。

「代表なんて基本誰もやりたがらないでしょ？　長坂《ながさか》は立候補でいいとしても、他のメンバーを引き入れる方法を考えなきゃ」

なんだそんなことか、と俺は拍子抜けした。もっと深刻な問題かと思ったじゃないか。

「自発的な立候補が望めないなら、指名かクジになると思うけど、前者じゃ角が立つし、後者は完全に運頼みになる。当事者に何かメリットになるような条件を提示して、うまく誘導するっていうのもなくはないけど……」

「いや、大丈夫だ」

上野原の心配を打ち切るように、俺は断言する。

「一応、委員長だからな。選出方法については自由が利く」

こんな時のための委員長《けんりょくしゃ》だ。やっててよかったぜ。

「え、長坂が委員長ってマジ？」

「今はそこじゃないぞ慎め」

「……で、どうするつもり？」

俺はこほん、と咳払《せきばら》いを一つする。

実に簡単な話だった。


「――ランダムに決めるクジじゃなくて、必ず登場人物が当たるクジにすればいい」

そう、俺にとって、偶然は必然によって作り出すものなのだから。

◆

上野原との会議から僅《わず》かに時は経ち、週明けの月曜日。帰りのＳＨＲ《ショートホームルーム》にて。

「──それではぁ、最後に応援練習について。委員長、あとを頼みます」

いつも通り、妙に間延びした喋《しゃべ》り口調の担任──十島《とおしま》先生がそう言って、俺を手招きする。

ちなみに国語の先生だが、なぜか白衣がトレードマークである。一応断っておくが、年若な美人教師などではなく中年のおばさんであるので無駄な期待をせぬよう。

「はい！」

俺はチョイイケ男子のキャラ通りに爽《さわ》やかに返事をして、先生の退いた教壇に立つ。

無論、準備はバッチリだ。

「それじゃ早速ですが、応援練習のクラス代表についてです」

俺の言葉に、クラス中がしんと静かになった。

雰囲気はあまりよろしくない。まぁ基本ネガティブなイベントだから仕方がないが、表立って反発を表明するような人はいないようだ。

「はー、まじダルい。そんなん今時やる必要あんの？」

……いや、一人いた。

独り言の体ながら、クラス中に響く音量で不満の声を上げたのは勝沼《かつぬま》あゆみだ。

「応援とかダサくね？　メイク落ちるしさー」

「言えてるー」

勝沼の言葉に追従するようにして、取り巻きたちも次々に文句を漏らし始めている。

ちっ、そういう世論操作するから行動適正低いんだぞ。中立層《Cランク勢》にも嫌な空気が伝播するだろうが。

俺は勝沼の発言を文字通り独り言として無視して、淡々と事実だけを告げていく。

「もうみなさん知っての通り、連休前に壮行会の応援練習があります。その前に代表者を選出しないといけないわけですが……ちなみに立候補者はいますか？」

再びクラスが静まり返る。みんな我関せず、という顔で俺と目を合わさないようにしている。

唯一、清里《きよさと》さんとだけ目が合ったが、苦笑いを返されてしまった。

ふむ、彼女も立候補せず、か。人助けということで50％くらいの確率で立候補もあり得たんだが、当てが外れたかな。まぁそれはそれで、今度は下心丸出しの連中まで立候補しそうだからいいんだけどね。

俺は少しだけ間を置いて、仕方ないな、といったニュアンスで話を続ける。

「まぁ……そうだよね。とはいえ、学校行事である以上、うちのクラスだけ代表を出さない、というわけにもいかないので……わかりました、ひとまず僕が立候補します。委員長ってそういう残念ポジだもんな」

そう冗談交じりに苦笑すると「おおっ」と一部から感嘆の声が漏れた。

俺の立候補は規定路線だけど、どうせなので自分の株も上げておこう。

「ただ申し訳ないけど、残りの人はどうにか決めなきゃならない。立候補者がいない以上は公平にクジってことになるけど、それでいいかな？」

三度《みたび》、クラスに静寂が訪れる。

だがこの提案は誰にも否定できない。不満はあれど、やらずに済むわけがないことはみんな承知しているし、自ら最初の立候補者《ひがいしゃ》になった俺に一方的に文句を言うのは憚《はばか》られるからだ。

他に案もないだろうから、みんな受け入れざるを得ないだろう。

……と、そんな中、常葉《ときわ》がぐるりとクラスを見回してから手を挙げた。

「なー委員長、それって部活やってる奴は免除とかないの？」

その質問に合わせて、何人かの運動部の面々がうんうんと首を上下する。

ん、もしかしてみんなを代表して聞いてみた感じかな？　想定以上に気遣い屋なのかも。いいぞ、その行動は親友キャラっぽくてグッドだ。

「残念だけど、そういう特例はないんだ。総体メンバーなら別だけど」

えぇー、とがっかりした様子の常葉。とはいえ、嫌味に感じないあたりが常葉らしい。

「そっかー。さすがに1年で総体は出れないし、仕方ないかー」

「まぁその代わり、壮行会終わるまでこっちが優先だから、きつい練習は免除になるかもよ？」

「え、マジで!?　それはちょっと魅力的かもしんね！」

一転、顔をぱっと輝かせる常葉。うん、本当君を見てると心が和むよ。

念のため、他に質問や意見のある人はいないか確認する。特に何も出なかったので、そのまま話を先に進めた。

「では、いつまでもこうしていても仕方ないので、クジで決めたいと思います」

——さて、ここから勝負開始だ。

俺はあらかじめ用意しておいたダンボールの小箱を教卓の裏から取り出し、卓上に置く。

そして中から小さく切り分けた用紙の束を拾い上げた。

「まずは、今から配る紙に自分の名前を書いてください」

そう言って用紙を最前列の面々に配り、後ろに回すように指示する。

この紙には『氏名』と横書きで表題をつけた縦長の枠が印刷されており、その中に名前を書く仕様になっている。生徒会選挙用の投票用紙と同じ書式だ。

「同じ名字の人もいるので、名前はフルネームでお願いします。あ、他人の名前を書くのはダメですよ。箱に入れる前にちゃんとチェックするので、諦めて自分の名前を書いてください」

まぁ、あえて忠告する意味はないんだけど、一応ね。

「記入できた人は順に僕のところに持ってきてください。名前をチェックしたら、二つ折りにしてこの箱に入れていきます」

そう言って、ダンボール箱の蓋《ふた》を取って中を見せる。蓋の中心を円くくりぬいているが、それ以外はなんの細工もないただの箱だ。

「全員分入ったら箱を振って、その中から3枚紙を取り出します。そこに書かれた名前の人が代表ということで。もし選ばれてしまったら、その時は観念してください」

そう冗談めかして笑うが、みんな真剣に用紙を見つめている。願掛けに必死、という感じ。

俺は全員に紙が行き渡ったところで、パンと一つ手を叩《たた》いた。

「それじゃあ記入お願いします！」

そう大きな声で告げると、みんな諦めたように渋々と名前を書き始めた。

——よし、ここまでは問題なし。

クジの方法自体に難癖をつけられたらどうしようかと思っていたが、そこは誰も気にしなかったようで何よりだ。

名前を書き終えた人がちらほらと用紙を返却し始めた。俺は他の人にも見えるように意識しながら名前を確認し、その場で二つ折りにして乱雑に箱の中に放り込んでいく。

そのうち常葉《ときわ》が悩ましげな様子でやってきた。

「ううーん、外れてほしいけど、当たった方がいい気もする……でも結局は運次第かー。うん、委員長に託す！」

そして「引いても怒らないからなー」と、にへらと笑ってから去っていった。

ああ、さすがはAランク勢、なんていい奴なんだ。ちゃんとラブコメにして返すからな、楽しみに待っててくれ。

続いて鳥沢《とりさわ》がやってきて、気怠《けだる》げな様子のまま無言で用紙を渡して戻っていった。

どうでもいいと思っているのか、当たったらその時はその時と考えているのか、その心中は読み取れない。てか、なんでイケメンって何も特別なことしてなくても色気みたいなものを感じるんだろうね？　あれならラブコメし放題だよな、羨《うらや》ましい。

そんなことを思っていると、次は勝沼《かつぬま》と取り巻きたちが睨《にら》みを利かせながらやってきた。

「当てたらマジ殺すから」

はいはい、あなたは選びませんので僕は死にましぇーん。もはや古すぎて誰にも伝わらないギャグ言わせせんじゃねぇよ。

「みんな、お願いだから俺を恨まないでね。一緒に被害者の会作りましょうねー」

そんな風に軽口を叩きつつ、さくさくと用紙を回収していく。

最後は清里《きよさと》さんだった。

「嫌われ役も大変だねぇ、長坂《ながさか》くん。でも当てたら罰金だよ？」

はっ、それもう罰金確定じゃん！

流石《さすが》はメインヒロイン、文字通りタダでは選ばせてくれないってわけか……。

清里さんはちらりと流し目でこちらを見てから、にこりと笑って去っていった。

「よし――じゃあシャッフルしまーす」

そう言って、蓋《ふた》の穴を手で塞《ふさ》ぎながら思い切り上下左右に揺すり、ガッサガッサと紙が盛大に跳ね回る音をこれでもかというくらいに鳴らす。

ひとしきりシェイクしたところで、どん、と教卓の上に置いた。

そしてもったいぶった様子でゆっくりと姿勢を正し、神妙な表情になる。

クラスに緊張が走った。


——さぁ、行くぞ！


「3枚、引きます！」

俺は気をつけの姿勢から一気に右手を振り上げて、箱の中に突っ込む。ガサガサと紙を混ぜる音を響かせてからピタリ、と止める。

その動きを3回繰り返してから、勢いよく穴から引き出した。

「この3つ！」

右手に握った紙を1枚ずつ開き、わかりやすくみんなの方へ向けて掲げていく。

「1人目、常葉英治《ときわえいじ》くん！」

「ぎゃあああ！　当たった、やったー！」

悲鳴を上げて喜ぶ常葉。すごい矛盾した反応するね君。

「2人目、清里芽衣《きよさとめい》さん！」

「……んー、そっかぁ。当てられちゃったかぁ」

清里さんは困り顔で言った。ごめんね、ちゃんと罰金お布施するから。

「3人目、鳥沢翔《とりさわかける》くん！」

「……へぇ？」

涼しげな顔のまま、口の端を持ち上げる鳥沢。イケメンはニヒルな笑いも絵になるなぁ。

「以上、3名です！　代表を引き受けてくれたメンバーにみんな拍手！」

今度はパチパチパチ！　と大きな拍手が教室に響き渡った。みんな自分が難を逃れたからといって、現金なものである。

「——つか、なんか怪しくね？　メンバー変ってか、なんでエイジとかメイが——」

ふと勝沼《かつぬま》の方を見ると、訝《いぶか》しげに首を傾《かし》げ、取り巻き連中と何かを囁《ささや》きあっている。

流石《さすが》に目ざといな。選出された面子が偏っていることにでも気づいたか。

まぁ、クラスの人間関係に聡《さと》い奴であれば感づいても無理はない。俺が積極的に絡もうとしている面々ばかりが偶然選ばれたわけだからな。

しかし、自分が直接の被害を受けたわけでもないのだ。クジの作為性に疑問を呈したところで「それじゃもう一度やり直しますか？」と返されたら黙らざるを得ないだろう。

念のため、手早く事務連絡に進み、話を打ち切ることにする。

「では、代表に選ばれた人は、来週月曜の放課後に白虎《びゃっこ》会館に集合してください。部活の人は顧問の先生にその旨の伝達を——」

結局、すべての話が終わるまで、誰からも表立って異論が出ることはなかった。

こうして、終業の号令とともに、俺の——いや、〝計画《プロジェクト》〟の勝利が確定したのである。

◆

「長坂《ながさか》。ちょっといいか？」

ＳＨＲの少し後、各自が部活やら帰宅やらで散り散りになりはじめた頃のこと。

俺がクジ箱を教卓裏にしまい込んでいるところに、鳥沢《とりさわ》がやってきた。

「あぁ、鳥沢。悪かったね、代表任せることになっちゃって」

「いや、それ自体は別に構わねーよ。拘束時間なんざたかが知れてるしな。そもそもクジである以上、たまたま当たっちまうのは仕方ないだろ？」

そう言って、やれやれという顔で笑う。

……なんか、たまたまの部分にアクセントがあったのは気のせいか？

俺は嫌な予感を感じつつ、動揺を表に出さないよう手早く片付けを進める。

とにかく、これだけは急いで片しちゃわないとな……。

「一つ、確認したいんだが」

と、教卓上に残っていた当選者のクジを手に持った瞬間、鳥沢がそう口にした。

どくん、と心臓が跳ねる。

俺はとぼけた顔で「確認？」と首を傾《かし》げた。

「——そのクジ、ちょっと見せてもらっていいか？」


ひゅっ、と喉が鳴った。

鳥沢《とりさわ》はニヤリ、と意味深に笑う。

う、嘘《うそ》だろ、もしや気づかれ……いや、大丈夫だ、落ち着け。特に目立ったミスもしていないハズだし、まだ致命的な状況じゃない。

「……えーと、もしかして鳥沢も怪しんでる？」

「へぇ、どういう意味だ？」

「いや、なんか一部でヤラセなんじゃないかって言われてたっぽいから……」

これは言っても大丈夫。

実際勝沼《かつぬま》たちはそんな話をしていたし、抽選結果の偏りが怪しまれるのはもとより覚悟の上だ。むしろ自分からネタにすることで、疑われても問題ないことのアピールにもなる。

鳥沢は「なるほどな」とやけに楽しげな様子のまま言って、右手をすっと差し出してきた。

「それなら話が早い。ちょっとそれ見せてくれねーか？　席が遠くてな、ちゃんと自分の名前が書いてあるか確認できなかったんだわ」

　絶対嘘だ。鳥沢の視力が２・０だってデータ持ってるし。

「あ、あはは。流石《さすが》に読み違いはしないよ。名前似てる人だっていないしね」

「別に確認するくらい問題ないだろ？」

「……あ、あれでしょ、クジが偽物なのかもー、とか疑ってるんでしょ？　わざわざ確認なんてしなくても、これはちゃんと本物で……」

「まぁ、そう言うなって。ほら、その右手を開くだけだぞ？」

　そう言って、俺の握り拳を指差した。


　……あぁ、くそ。

　これは、逃げられない、か。


「……」

「どうした？」

「…………、わかったよ……」

　そう観念した風に言って、俺はゆっくり手を開く。

　鳥沢はその中から、自分の名前が書かれたクジを手に取った。

「さて……」

心臓が早鐘を打つ。

——頼む、頼むぞ。気づかないでくれ。

こんなところで、この程度のことで、躓《つまず》くわけにはいかないんだ！

「……ふぅん？」

永遠にも感じる沈黙。

俺はぎゅっとポケットの中の左手を握りしめた。

「…………どう？」

いい加減耐えきれなくなって、恐る恐る尋ねてみると——。

「いや——ちゃんと俺の字だな、と思ってな」

——いよぉっし！

「……満足した？」

「ああ、悪かったな。ビビらせたか？」

「あはは、ちょっとね。ごめんね、俺のクジ運が悪くて」

「それは構わないっつったろ。むしろ、わりと楽しみになってきたわ。今後がな」

鳥沢《とりさわ》はぽん、と俺の左肩を軽く叩《たた》き、あっさりとその場から去っていった。

ああ、なんとか乗り切ったか……ほんと、鋭い人ってマジで怖い。有能イケメンキャラ相手は気が抜けないな……。

「ねぇねぇ、鳥沢くん、どうかしたの？」

「わっ、と……清里《きよさと》さん？」

気づけば、他のクラスメイトと話していたはずの清里さんが真横に現れていた。

通学バッグとテニスラケットを背負っているので、これから部活に向かうところだろう。

「なんかいつもより上機嫌に見えたけど。面白いことでもあった？」

ちらと上目遣いにこちらを見上げてくる清里さん。

いや、全くなかったです。少なくとも俺は生きた心地がしなかったもん。

「ははは、なんだろうね。なんか応援練習に前向きになったみたいだけど」

「おー、それはロックだね。部の先輩から聞いたけど、結構スパルタだって話なのに」

そう言ってから、清里さんは頰《ほお》をぷくっと膨《ふく》らませる。

「私はそういうのちょっと苦手なんだけどなぁ……。もう、罰金だからね、罰金」

「う、ごめんなさい……」

お金なら払います、ちゃんと払いますから。どうかラブコメに免じて許してください。

あ、でも怒った顔もイイな……。頬《ほお》をぷくっとするとか、見事なテンプレ怒り表現じゃないか。さすがはメインヒロイン、今日も今日とてナチュラルボーン二次元である。

「まっ、誰かがやらなきゃいけないわけだし、仕方ないけどね。ずっと続くことでもないし、頑張って乗り切ろうね！」

ぐっ、と両手を握りしめて気合いを入れる清里《きよさと》さん。

むんっ、って感じの表情がこれまたヒロインっぽくてきゃわわ。ほんとしゅき♡

「よしっ、それじゃ部活行くね！　また明日！」

「あ、うん。部活頑張ってね」

そして最後はいつもの笑顔を振りまいて、元気な足取りで教室を出ていった。

その場には、ほのかに桜の香りが残っていた。

◆

「あっはっは、いや愉快愉快」

その日の放課後。いつもの〝M会議室〟にて。

俺は上機嫌に本日の結果を報告していた。

「……マジでうまくいっちゃったの？」

はぁ、と賞賛の意を示す上野原《うえのはら》。

「はっはっは、もっと褒め称えよ」

「いや、呆《あき》れてるんだけど」

なんで賞賛の意じゃないの？

「完璧《かんぺき》な作戦勝ちだったじゃん！　何も失敗しなかったし！」

「いや、ま、それはいいんだけどさ。そもそもあの作戦が成功しちゃったことがキモい」

「キモい言うのやめーや！」

結構傷つくんだぞ、その言葉！

「でも普通無理だって思うじゃん……本人の筆跡のトレース、なんてさ」

上野原は未だに半信半疑といった様子で「ないわー」と呟《つぶや》いた。

――今回の作戦の決め手。

それが、筆跡模倣によるクジの偽装である。

「こんなこともあろうかと練習しておいたんだ。委員長っていう役柄上、みんなの署名を見る機会は多いからな」

実際、鳥沢《とりさわ》の疑念は正しかった。

あの場で取り出したクジは、俺が事前に用意し隠し持っていた偽物だ。

「この方法なら、予《あらかじ》め対象者《ターゲット》の名前を書いたクジをその場で引いたように見せかけるだけでいい。シンプルで確実だ」

だが、単なる偽クジだと、現物を確認させろと言われた時点で詰んでしまう。なので、仮に検《あらた》められたとしても大丈夫なように、筆跡を完璧《かんぺき》に真似たものを用意したのだった。

「基本的にネガティブな役割を決めるクジだし、登場人物の面々が文句を言うか微妙なラインだったから、ここまでやるべきかは悩んだんだけど……ただ念には念を、だ」

清里《きよさと》さんと常葉《ときわ》は表立って何か言うことはないと踏んでいたが、鳥沢がどう反応するかだけが不確かだった。ものごとの判断基準が独特なので、予測に誤差《ノイズ》が入りやすいのだ。

結果的に、その対策が功を奏したわけで、ホントやっててよかった事前準備である。会得するまで大学ノートを丸々一冊使い尽くしたけどな。

「てか、そのやり方だと箱の中には本物のクジが残ってるでしょ？　中見せろって言われたらどうするつもりだったの？」

もっともな指摘である。確かに、箱の中を見せろと言ってくることが一番の懸念だった。

「そこは仕掛けの構造上、どうしても対策はできない。だから行動をうまく誘導することで、箱のチェックっていう選択肢を消したんだ」

そう、だから俺は、引き当てたクジをあえて卓上に残しておいた。

箱に仕掛けがないことは事前に示しているし、あのやり方で細工を疑うならクジの方を怪しむのが普通だろう。

そこで、わかりやすく怪しいものを餌《えさ》として撒《ま》いておくことで、意識がそっちに向くように誘導したのだ。

その間に、箱の中の本物は教卓裏に隠れて即行で回収。ポケットの中に退避させ証《しょう》拠《こ》隠《いん》滅《めっ》、という具合である。

「にしても筆跡なんて……そう簡単に真似できるものじゃないと思うんだけど。それに、本人がその時たまたま変な書き方をする可能性だってあるじゃん」

「普通の文字ならそうだけど、今回は自分の名前だ。名前の筆跡ってのは誰でもある程度定まってて、意識せず書けばどれも似たような感じになるんだよ」

とはいえ、ただの紙に適当に名前を書かれたのでは、さすがにブレが大きい。

なので配るクジの方を投票用紙のような枠付き・縦書きの書式に統一したのだ。これなら確実に枠内に縦書きで記名するので、筆跡が定まりやすい。

もし枠線から文字の一部がはみ出していたり、ボールペンで書かれていたり、芯が折れた形跡があったりしたらこの手法は断念したが、記名確認の時にそうしたトラブルがないことはチェック済。勝算ありと見なして実行に移したのである。

「まぁ、最悪の最悪『折り方判定法』も使えないことはなかったし。そっちのがギャンブル要素が強かったからやらずに済んでよかったけどな」

折り方判定法とは、ターゲット3名のクジだけ折り方を変えておき、それを手探りで探し出す方法だ。こちらの方が証拠が残らないというメリットはあるが、該当するクジを探すのに手間取ったり、別のクジを間違って拾い上げてしまう可能性が高かった。

100回ほど繰り返し練習したところ、最終的な成功率は3割程度。準備期間も限られていたのでこれ以上精度を上げるのも難しく、できればやりたくなかったのである。

「さて、他に言いたいことは？」

「……ない、かな」

ここまで色々と穴を追及してきた上野原《うえのはら》だったが、ついに沈黙した。俺の完全勝利だ。

「ま、色々と危ない橋を渡る必要はあったけど、リターンを考えれば挑戦する価値は十分にあった。それに、この程度のリスクを怖がってたら計画実現なんて夢のまた夢だ」

「でも、よくトチらなかったね。前みたく何かやらかすんじゃないかと思ったけど」

「失敬な、今回は完全に予測範囲内に収まってたろ。鳥沢《とりさわ》の一件だって想定済みのトラブルだし、ミスる要素がないだろうが」

「あぁ、なるほどね……ちゃんと準備さえできれば間違えない、と。ポンコツなのはイレギュラーの時だけなのか」

「ふんっ、不器用で悪かったな」

どんな時でも柔軟に対処できるスペックがありゃここまで苦労してないっつの。

「でも、だからこそ失敗しないように事前に備える、ってのは合理的でいいんじゃないの。やってることは非常識極まりないけど」

上野原はこくこくと納得げに頷《うなず》いている。

こいつこんなイマドキＪＫなナリして、結構な合理主義者なんだよな。理系イークラ所属だし、人は見かけによらないってやつだ。

ふと、俺は飲み物を口に運ぶ上野原を眺める。

今日は後ろの髪をシュシュで一つにまとめ、左肩から前に垂らしていた。ネクタイは緩《ゆる》められていて、白く細い首元にネックレスか何かのチェーンがちらりと覗《のぞ》いている。

よくよく見れば睫《まつ》毛《げ》は細くて長いし、薄く小さな唇はリップでほのかに潤ってて柔らかそうだし。

うーむ……やっぱ、ビジュアル７位は伊達じゃないよなぁ。他の適性が高ければなぁ。

「……何？」

こちらの視線に気づいたらしい上野原《うえのはら》が怪訝《けげん》な顔をする。

「あ、いや別に……と、そうだ、今日の一部始終を録音したんだった。聞くか？」

じっと見つめてしまったとバレるのがなんだか気恥ずかしくて、ささっと話を横道に逸《そ》らす。

「録音って、まんま盗聴じゃ」

「盗聴じゃねぇよ、秘密録音だ。犯罪性はございません」

「いや、そういう問題じゃなくて……ああもう、真面目にツッコむのが馬鹿馬鹿しく思えてきた。ほんと、やることなすこと予想の斜め上なんだから、長坂《ながさか》は」

上野原は恒例の呆《あき》れ顔とジト目を寄越してから、ふっと息を吐き——その口元を、ほんの少しだけ、やわらかく綻《ほころ》ばせた。

そのレア顔《がお》に、思わずどきっとする。

「……不意なタイミングでレア顔出すとこは、わりと萌《も》えるんだよな」

「あのさ、なんでいちいちキモい言い方するの？」

「はいもうアウトー！」

せめて照れるとかしろや、真顔で返しやがって！

俺は雑な感じでイヤホンをぽいと渡して、スマホの録音データを開く。

「いやーしかし、秀逸な流れだったぞ。特に鳥沢《とりさわ》とのやりとりは完璧《かんぺき》でな……ちょっと待て、今該当箇所探す」

えーと、何分くらいだ？　最初から回しっぱだったから結構長いな……。

「すまん、やっぱちょいイヤホン返して。頭出ししたい」

「あ、そ。じゃあ、はい」

……なんか右耳の方だけ渡された。

無論、もう片方は上野原の耳の中だ。

「……ちょっと待て。片っぽだけ耳に入れろと？」

「そりゃそうでしょ。それ一つでどうやって両耳に入れるつもり？」

しれっと返される。

俺はわなわな震えながら叫んだ。

「ちげーよ、このおばか！　一つのイヤホンを二人でーとか、付き合いたての初々しいカップルじゃないか！」

上野原は一瞬フリーズしてから、そのジト目をさらに細めた。

「……うっわ、なにそれ。今時そんなの意識する？」

「ちーがーうー！　せっかくのラブコメイベントをこんなロマンもクソもないタイミングで浪費させせんなってことだ！」

「あぁ、そういう発想か……いや、そっちのが余計に馬鹿馬鹿しいな」

「馬鹿じゃないしぃ！　俺の方が正しくラブコメ的だしぃ！」

「そう返すとこが本当にエグい」

「ついにキモいを超えた!?」

◆

とりあえず恋人イヤホンを回避し、上野原《うえのはら》に「ここ声震えてるし」とか「うわ、噛《か》んだのごまかしてる」とか「鼻息荒すぎてヤバい」とか散々誹謗中傷《ひぼうちゅうしょう》されつつ、録音の再生が終わった。

上野原はイヤホンを外し、くるくると丁寧にまとめてからこちらに返してくる。こういう細かいとこ地味に律儀ね、こいつ。

「長坂《ながさか》が終始キモかったのはさておき、うまくいったならよかったんじゃん?」

「なんでいちいちディスるかね、この人は。素直に認めろや」

「でも今回がうまくいったからって、気は抜かない方がいいと思うよ。調子に乗ってる時って足元掬《すく》われるものだし」

「言われんでもわかっとるわ。むしろ今まで以上に準備を徹底する覚悟だっつの」

「ん……まぁ、準備《そこ》に関してだけは認めてもいいかな……」

「えっ……なんだと、もしやデレたのか!?」

「はい言ってるそばから調子乗った。そんなだからトータルでキモいんだってば」

「くっ、また誘導尋問かよ、汚いぞ！　鬼、悪魔、日南《ひなみ》さま！」

「最後のどういう例え？　人でなしってこと？」

「おまっ、クラスで居場所がなくなっても知らんぞ！　謝れ、謝りなさい！　ごめんなさい！」

そんなこんな、二人してわちゃわちゃ言い合いながらも、今後の方針を共有していった。


――これで〝計画《プロジェクト》〟は、一歩達成に近づいた。

こうして実際に結果が出たことは、素直に嬉しい。

やっぱり俺は、自分にできること――調査と反復練習による事前準備を徹底することで、計画の実現を目指すべきなのだ。

とかくラブコメをさせてくれないこの現実に抗《あらが》うには、そうするしか方法がないのだから。


――そうだ。

だから、あれは。


1年半前の、あの時は――。

やっぱり、俺自身の努力不足が、原因だったに違いないのだ。

第二章　研修もなく本番に臨めるとだれが決めた?

Who decided that I can't do romantic comedy in reality?

金曜の放課後。

俺は南校舎の1階、昇降口の陰に隠れ、上野原《うえのはら》を待っていた。

今日は上野原への実地研修——調査活動の実践指導日である。

◆

「そうだ、お前明日なんか予定あるか?　暇なら実地調査の研修をやろうと思う」

「……研修?」

俺の言葉にシェイクを飲む動きを止めて、上野原が「なんだそれ」という反応を返す。

——時は少し遡《さかのぼ》り、前日。

すっかり定例化した会議の場で、俺はかねてより考えていたプランを提案することにした。

「日々の調査は計画実現の土台となる重要な活動だ。それを〝共犯者〟であるお前にもできるようになってもらいたい」

上野原は咥《くわ》えたストローを口から外し、何を急に、という顔になる。

「そういうのは長坂《ながさか》の専門分野じゃん。私じゃ力不足だって」

「はいそこ、面倒だからって心にもないこと言って逃げようとするな」

「いや、確かに面倒なのは事実だけど……」

上野原は無表情のまま、右手でわしゃり、と後ろ髪を掴む。

ほら、やっぱ図星なんじゃないか。

「別に全部が全部手伝え、とは言ってない。ただ今後、俺がどうしても動けないシーンが出てくるかもしれないだろ。いざという時に『ごめんなさいできません』じゃ困るんだよ。プロとしての自覚を持て」

「なにプロって。そんなつもり全くないんだけど？」

俺は手元のタブレットにスイスイと簡単な表を描いていく。

「いいか、俺の調査手法は大体こんな感じに分類できる」

「スルーされたし……」

「話の腰を折るんじゃない。ほいこれ」

とん、とタブレットを上野原の方に向けて置く。

「大きく分けると『机上調査《きじょうちょうさ》』と『実地調査《じっちちょうさ》』の2種類だ。まず前者は、SNS——代表的なのはRINE《ライン》とTbitter《ツビッター》か。それとYuuTube《ユウツーブ》なんかの生配信も含めたデジタルデータから情報を探るもので、要は机の上だけでできるインドアな調査だな」

ラブコメ実現計画＠基本調査編

机上調査

ネット（主にSNS）上での
情報収集や、
それを基にした分析。

［主な手段］RINE／Tbitter／YuuTube 等

実地調査

実際に現地に
赴いて行う調査。

- ［巡回調査］　調査ルートを巡回しながら、生徒の会話等から情報を集める。
- ［対面調査］　直接、対象者から対話等で情報を引き出す。
- ［行動観察］　対象者の動きを記録して、行動傾向や心情を分析する。

「はぁ……」

「んで、後者はその名の通り、実地で行うアウトドアな調査のこと。フィールドワークって言ってもいいかな。それをさらに分けるとこんな感じになる」

言いながら、実地調査と書いた四角の中に3つの項目を書き加える。

「『巡回調査』『対面調査』『行動観察』——と、今回教えるのはこの3種類だ。日常的にやることの多い調査だからな」

上野原《うえのはら》は諦めた様子でタブレットに目をやって、それからすっと小さく手を挙げた。

あ、今回もそれちゃんとやるのね。ほんとこのナリで真面目よな、上野原って。

「はい上野原さん」

「なんとなく字面でイメージはつくけど……具体的にはどんなことやるの？」

「ふむ、ざっとだが……『巡回調査』はいろんな場所を巡りながら漏れ聞こえる噂話《うわさばなし》を収集する調査、『対面調査』は直接対象者に働きかけて情報を引き出す調査、『行動観察』は対象者の動きを記録してそこから行動傾向やら心情やらを分析する調査、って感じ。まぁ細々《こまごま》したことは実際やりながら教えた方がわかりやすいだろ」

そこまで話して、俺はタブレットの電源を切った。

「よし、つーわけで明日の放課後よろしくな！　授業終わったら指定するポイントに来てくれ。あ、背後には気をつけてな」

「背後って、何に追われてるんだか……あ、警察か」

「だから犯罪者扱いはやめてってば！」

◆

そんなこんなで、今は上野原《うえのはら》との合流待ちである。

俺は柱に背を預け、スマホをいじるフリをする。下駄箱に向かう人からは振り返らなければ見えない場所なので、待ち合わせがてらの人間観察にはうってつけだ。

放課後の昇降口は人通りが多い。部活に向かう者、友人と遊びに出かける者、恋人と仲良くいちゃラブしてやがる爆発してほしい者……様々な人が行き交う。

時には意外な交友関係が判明したり、目から鱗《うろこ》な四方山話《よもやまばなし》が聞こえてきたりするから、なかなかに侮《あなど》れないスポットなのだ。

しかし、あいつ遅いな……珍しく5分も過ぎてるぞ。

スマホの時計に目をやってから、俺は周囲に目を配る。

上野原は時間にきっちりしているタイプだ。大体待ち合わせ10分前には集合場所にいるし、遅れそうな時は何かしらメッセージをよこす。

口でのディスは多いが、要所要所で律儀だったり付き合いよかったりするので、その辺り仕事仲間《ビジネスパートナー》として密かに好感を持っているのだった。

飛ばしたメッセージにも無反応だし、何かトラブルでもあったんだろうか。

「――じゃ、そういうことだから。またね」

電話でもかけてみようかと思い悩んでいたところ、聞き慣れた声が耳に届いた。上野原だ。

その後ろ姿が視界に入ると同時に、複数の人影を伴っていることにも気づく。

「えー、ホントに？　用事終わったら来ればいいじゃん」「そうだよ。休み前だし色々語ろうって話だったのに」「スイーツ食べよ、スイーツ！」

……同じクラスの友達かな？

見たところ女子が4、5人はいるが、いずれもすぐに名前が出てこない。ラブコメ適性者であればすぐわかるので、適性C以下の面々だろう。

上野原は軽く肩をすくめてから答える。

「ううん、何時になるかわかんないし、今回はパスで。また今度ね」

「そっかぁ。じゃあまた今度ね！　ばいばい、彩乃《あやの》！」

そう言って、女子グループの面々は楽しそうに笑い合いながら下駄箱を後にした。

俺は集団が完全に姿を消したのを見計らってから、上野原に声をかける。

「――『やぁ、奇遇だね上野原さん。こんなところで』」

「『あら長坂《ながさか》君。久しぶり、何か用？』」

「『ちょっと先生に頼まれたことがあって。よければ手を貸してほしいんだ』」

「『また雑用押し付けられたの？　別にいいけど』」

予《あらかじ》め決めておいた台本通りの会話。

たまたま昇降口で行き合った友人に用事を頼むことになった……という〝設定〟である。

俺は上野原《うえのはら》に近づき小声で告げる。

「よし、これで一緒にいる理由はできた。ついてこい」

「ねぇこの茶番マジでやる必要あった？」

上野原はちらちらと落ち着きなく周りに目を配っている。

周囲を警戒してる……いや、単に恥ずかしがってるだけか。ふん、軟弱者め。

「念のためだ。どこで誰が見てるかわからんからな」

「だから何に追われてるの君」

「間違っても登場人物に舞台裏を見せるわけにゃいかんのだ。変なノイズが入ると純粋な〝物語〟にならなくなっちまうからな」

事前の調査活動はあくまで計画実現のための手段であり、公にしていいことは何もない。

例えるなら、ハイクオリティなアニメを視聴者にお届けする上で、制作現場の状況やら大人の事情やらを公開する必要があるかって話だ。舞台裏は武蔵野のアニメ会社のように光にあふれた世界ではないのである。

俺は上野原を伴い校内へ戻ろうとして、ふとさっき漏れ聞いた会話を思い出した。

「なぁ、もしかして、他に友達と予定でもあったか？」

「ん？　あぁごめん、ちょっと断るの長引いて遅れちゃった」

「いや、そっちじゃなくてだな……」

俺は頬《ほお》を掻《か》いてから続けた。

「こっちから誘っておいてなんだけど……別に研修は今日じゃなくてもいいんだぞ？　先約があるならそっち優先で」

「うわ、長坂《ながさか》が気を使ってる。なんかヤバいものでも食べた？」

「ちげーわ、友達は大事にしろって話。ラブコメ的にも〝友人キャラ〟は超重要なんだからな」

「出た、お得意のラブコメ換算……」

「ほら、まだ間に合うぞ。こっちはまた夜にでも連絡する」

大したことじゃないとばかりにいつものノリに乗せて答え、しっしっと追い払う仕草をする。

話ぶりからして前から決まってたみたいだし、約束を破らせてしまうのは不本意だ。

……が、しかし。

そんな俺の心配をよそに、上野原はいつもの無表情でさらっと答えた。

「ううん、絶対に私が行かなきゃいけない、ってわけでもないから。だから大丈夫」

「……？　だってお前、誘われてたんだろ？　だったら……」

「私一人いなくても楽しくやってる、ってこと。元々、お茶しながらテキトーに話するだけの予定だったし」

上野原《うえのはら》は変わらず無表情で、何のことはない、という感じだ。

うーん？　まぁ本人がそう言うならいいか……。

それよりも。

「……もしかして、実は研修楽しみだったりする？」

「は？　なんで？」

「あ、いえ、なんでもないです……」

マジ顔で返されて俺はチキった。

なんだよ、こっち優先するくらいだから乗り気なのかなー、とか思っちゃっただろ！

「ふんっ、言っとくが厳しく行くからな。こっちは遊びじゃないんだ」

「なんでもいいから、さっさと終わらせて帰るよ」

「ぐぬぬぬぬ！」

ほんと可愛《かわい》くない新入社員《きょうはんしゃ》だ！

◆

上野原を伴って南校舎の廊下を歩く。

放課後の時間帯、1年生教室の連なる南校舎の人はまばらだ。部活のある人はグラウンドや体育館へ出ているし、この時期から熱心に自習する人も多くない。

残っているのは暇を持て余した帰宅部の面々。そしてその大半が雑談に興じているわけで、その内容こそ俺の貴重な情報リソースの一つなのであった。

「さて、まずは1つ目の調査――『巡回調査』だな。だいたい俺は、こんな感じで放課後各クラスの前を巡回する。いろんなところで漏れ聞こえる雑談、噂話《うわさばなし》なんかを収集するのが目的だ」

死角となる一角に身を隠し、小声で語る。

「そして調査における肝は、フリック速度にある」

「なんでフリック速度？」

上野原も同じく小声だ。

「聞こえてきた情報を逐次メモするためだ。とにかく聞こえたネタは何でも記録、それこそ会話を全部メモる勢いで。可能なら発言者が誰か、ってことも残せればベスト」

言いながらスマホを取り出して、愛用のメモアプリを起動する。自動的にクラウドと同期されるタイプの、装飾機能のないシンプルなものだ。

「――つか、現国のトシキョーって、マジ課題の量鬼じゃね？」「それな。俺、ブッチーの方がよかったわ――」

お、ちょうどいいな。

俺は近くを通りがかった人の会話を単語区切りでメモしていく。

「『?おしの、げんこく、としきょー、かだい、りょうおおい、?いしだ、ぶっちーがよかった』と、こんな感じだな。あとで見た時意味がわかれば無理に文の形にする必要はない。あ、『?』は発言者を表わす記号な」

「……え、ちょっと待って。今の数秒でそれメモしたの?」

上野原《うえのはら》が目をぱちくりさせながら呟《つぶや》いた。

「画面も見てなかったよね?」

「ブラインドフリックだ。ちなみに俺はポケットの中でやるのがデフォ。本気出せば2台持ちで両手でもいけるぞ。速度は上がるが精度は落ちるから滅多にやらんが」

「いや……それもはや人間業じゃないでしょ……」

上野原はドン引きな様子で額を押さえた。

そうかなぁ。毎日練習してたら半年くらいでできるようになったが……。

「まぁ、無理にブラインドでやらなくても構わん。こうSNSやってますーって顔で入力してればそうそう怪しまれないからな」

「てかさ、そこまで無作為にメモる必要ある? 大事そうな情報だけ残しとけばよくない?」

はぁ……と、俺はくそデカため息(ただし小声)をついた。これだから調査素人は。

「あのな。例えば、特定の人物に関する情報を重点的にメモるとか、優先順位をつけるのは構わん。が、情報それ自体の重要性をリアタイで判断するのはＮＧだ。そもそも何が重要で何が重要じゃないか、どうやって判断するんだ？」

「それはほら……テレビネタはいらないとか？」

「じゃあ、お笑い芸人の誰々が面白い、ってネタに意味はないか？　実は発言者の趣味が漫才なのかもしれないぞ？　それはパーソナリティデータになるんじゃないか？」

「……そんなの、可能性を言い始めたらキリないじゃん」

「その通りだ。だから安易に情報の重要性なんて判断しちゃいけないんだよ」

ふと周囲のクラスの喧騒《けんそう》に声がかき消されそうになり、少しだけ上野原の方に身を寄せる。

「大量に集めたデータを統計的に処理してはじめて傾向が見えることもある。だから調査段階ではいかに量を集められるかが大事なんだ」

「……一応理屈は通ってる、のか。あと近いんだけど」

「我慢しろ、大事な話の最中だぞ」

ちゃんと触れないように気をつけてるんだからな。前手握って怒られたし。

「とにかくだ。考える暇があればまず手を動かす。そうやって体に動作を染み込ませれば、状況によらず自然とメモを残せるようになるからな。家でも練習しとくといいぞ」

「はぁ。まぁ、気が向いたらね」

上野原《うえのはら》は無感情な声でそう返してから、肩にかかった髪をふぁさりと後ろに流した。

その動きでシャンプーらしき甘い香りが鼻腔《びこう》に届く。

……やっぱ近づきすぎたかな。

「こほん。じゃあ実際にやってみよう。無理してトラブルを起こさないようにな」

「大丈夫、仮にトラブってても長坂《ながさか》みたくキョドったりはしないから」

「ぬぅ、そこに関しては反論できない……」

そんなこんなで、二人して分担して教室を巡っていった。

――なお、蓋《ふた》を開けてみれば、上野原も俺と同じくらいデータを集めてきたというオチ。

しれっと多方面に優秀だよな、この共犯者……。

◆

「よし、次は『対面調査』だ」

巡回調査を終わらせた後、駐輪場横にある芸術棟を訪れた。

峡西《きょうにし》は南校舎、北校舎が渡り廊下で繋《つな》がった『工』の字形の構造になっていて、南校舎側に1年生、2年生教室、それと理科室、家庭科室などの特殊教室が位置し、北校舎側に3年生教室や保健室、図書室などの施設が集まっている。

音楽室や美術室など芸術関連の教室は、校舎とは独立して存在する芸術棟にまとまっているのだが、なぜか生徒会室だけその中に交じっていた。

今、俺たちはその生徒会室近くに潜《ひそ》み、入り口を窺《うかが》っている状況である。

「さっきの巡回調査は広く情報を仕入れるものであって、特定の情報を調べる用途には向かない。具体的に何か知りたい時は、もっと主体的な働きかけが必要になる」

「働きかけ……直に人から情報を聞き出すとか？」

「そうだ。それが対面調査だな」

なお、今回は妙なニアミスがないように、しっかり一定の距離感をキープしている。

「ここでは、自然な流れで目的の情報を聞き出す会話テクが求められる。場合によっては誘導尋問風に情報を引き出す必要もあるから、かなり習熟が必要とされる調査手法だぞ」

俺が数々培ってきたラブコメ主人公スキルのなかで、一番習得に手間取ったのがトーク術だ。アドリブだったり、状況に応じた柔軟な対応だったりが求められるから、その辺の応用が利かない俺には不向きなのである。

対象者の会話傾向や性格分析を併用することで、ギリ使えなくはない水準に持ってくることはできたが、逆に言えば初対面の相手や情報が不足している人相手には心許ない。

「まぁ論より証拠だ。今回はある先輩を対象に、屋上の鍵《かぎ》に関する情報を引き出そうと思う」

「屋上の鍵《かぎ》？　あぁ、そういえばあそこって普段鍵かかってるんだっけ」

峡西《きょうにし》では北校舎、南校舎ともに屋上は封鎖されている。非常階段経由で入り口手前にまではアクセスできるが、その先に入るためには鍵のかかった扉を開けねばならない。

「でもなんで生徒会の人に？　鍵って普通職員室にあるものでしょ」

「情報《うわさ》だと、屋上倉庫は生徒会管轄みたいでな。その関係上、生徒会でも鍵を保管しているらしい」

〝告白イベント〟の時は鍵が開いているタイミングに合わせて潜入したわけだが、あれは生徒総会用の機材の運び出しがあったからだ。それで気になって調べたら出てきた情報だ。

なお、職員室にある鍵も正当な理由さえあれば借りられるが、そんな理由が一般生徒にあるはずもないので、入手は不可能と考えるべきだろう。

「屋上は校内においても一、二を争う〝青春スポット〟だし、そこへのアクセス手段は喉から手が出るほどほしい。せめてどんな感じで鍵が管理されてるか、それだけでも知っておきたい」

「……そんな簡単にいくもの？」

上野原《うえのはら》が訝《いぶか》しげに呟《つぶや》いた。

「一応作戦はある。……と、待て、動きがあったぞ」

扉にはめ込まれた擦《す》りガラス越しに、室内で人が動く気配を感じた。

時計を確認すると、定刻通り、校内の施錠見回りの時間だ。

「ちなみに先輩って誰？　友達ノートにある人？」

「ん、庶務と会計監査を兼任してる2年生だけど、その程度の基礎情報しか載せてない。つか、先輩について探りを入れるのも副次的な目的だ」

「……登場人物候補とか？」

「お、鋭いな。その通りだ」

俺は頷《うなず》いてから答えた。

「〝先輩ヒロイン〟はどんなラブコメにも一人はいる重要ポジだからな。今は同学年の調査で手一杯だけど、噂《うわさ》ぐらいは集めてる。ターゲットは2年生の中でもトップクラスの人気を誇る美少女だ」

「はぁ。で、どんな感じの人？」

「雰囲気は優しいお姉さんタイプで、可愛《かわい》い系と美人系の中間くらいのビジュアルかな。あと、色々柔らかそうなマシュマロボディについバブりたくなる感じ」

「うん、常識的にキモい」

「年上キャラにダメにされたくない男などおらぬ！」

甘えたいシリーズは界隈でアツいジャンルなんだぞ！　ちなみに実際は年上でなくても年上っぽければOKってのがミソ。ロリおかんって言葉もあるくらいだからね。

「まぁしかし、言っても可能性の段階だ。重要なのは見かけよりも中身《データ》だから。客観的に適性判断できるまで私情なんて交えないから安心しろ」

「うん、今度は非常識でキモい」

「結局キモい言いたいだけじゃねーか！」

と、そんないつものやりとりを繰り広げていると、横開きの扉がカラカラと音を立てて開き、中から一人の女生徒が現れた。

髪は背中まで伸びたロングの黒髪、大人びて整った顔立ち、ネクタイの色は2年生を示す赤。

うん、間違いない。ターゲットだ。

「よし、行ってくる。ここにいりゃ気づかれることはないだろうから、黙って見ててくれ」

無言で頷《うなず》く上野原《うえのはら》を尻目に、俺は軽く呼吸を整えてから歩き始めた。

キョロキョロと周囲を窺《うかが》うようなそぶりで、生徒会室に向けてゆっくりと進んでいく。

そんな俺に気づいたターゲットが声をかけてきた。


「――生徒会室に何か用事かな？　1年生」


よく通る、ハスキーボイス。

こうして声を聞くのは初めてだが、予想よりもハキハキとした声音だった。

「あ、えーと……」

俺は先輩に声をかけられて戸惑う新入生といった体《てい》を装いつつ、恐る恐る声をかける。

「すみません。生徒会室に日野春《ひのはる》先輩っていらっしゃいますか?」

素知らぬ顔でそう尋ねた。

もちろん目の前の彼女こそ——日野春幸《さち》先輩、その人である。

先輩は「あぁ」と垂れ目がちな瞳を柔らかく細めて笑う。その表情は見た目の印象通り余裕のあるお姉さん、といった感じだ。

「日野春は私だよ。何かご用?」

「あ、そうだったんですね。その、実は……」

ここで俺は、あらかじめ用意しておいた書類を取り出した。

「これ、うちのクラスの委員会名簿です。先生に聞いたら、先輩が担当だから直接渡せって」

そのまま、先輩に向けてプリントを差し出す。クラス委員長の雑用を口実にして話しかけるきっかけを作った、というわけだ。

ちなみに日野春先輩が委員会担当というのは間違いのない情報である。直接渡せ云々《うんぬん》のくだりはでっち上げなのだが、最終的に先輩の手元に届くものだから問題ない。

と、先輩が不思議そうな顔で首を傾《かし》げた。

「別に直接である必要はなかったんだけど……それ、どこで聞いたの?」

ぬ……よりにもよってそこ突っ込んでくるか。

「あ、えーと、職員室で」

「誰先生？」

「……あっと、ごめんなさい。まだ先生の名前とか覚えてなくって」

「あ、そうか。入学したてだもんね」

ごめんごめん、と先輩は再び柔らかな笑みを見せた。

ふぅ、予想外の反応ではあったけど、うまく回避できたかな……？　しかし変に細かいところ気にする人だな。

「うん、じゃあ受け取ります。わざわざありがとね」

「あ、はい。よろしくお願いします」

「それじゃ、もう遅いから気をつけて」

「あ、先輩」

立ち去ろうとする日野春先輩に声をかけ、呼び止める。

本題はここからだ。気を引き締めてかかろう。

「今から校内の見回りですか？」

「そうだけど……まだ何か用事？」

先輩は顔だけこちらに向けて答えた。

「えと、別件なんですけど、ちょっと気になることがあって……」

俺は呼吸を整えてから切り出した。

「うちの高校って、屋上入れないんですよね?」

「屋上? そうだね、柵もないし危険だからって施錠されてるよ」

「ですよね。実は、さっき人影っぽいのを見かけたので……」

「え、本当に?」

日野春《ひのはる》先輩は驚いた様子で体ごとこちらに振り返った。

……よし、乗ってきたな。

「一瞬だったから、本当にいたかどうかもわからないんですけど……」

「どっちの校舎?」

「南校舎です。渡り廊下を歩いてた時にちらっと見えて」

なお、人影云々《うんぬん》はブラフだ。これからの誘導のための布石である。

先輩はうーん、と片腕を抱くようにして考えるそぶりを見せる。同時に、厚手の制服ごしにもわかるレベルの胸元がさらにその存在感を増した。

むむっ、このボリューム……もしや清里《きよさと》さん以上のポテンシャルの持ち主では?

ごくり……とか生唾《なまつば》飲み込んでる場合じゃない。静まれ青少年のパトス。今はそこよりも話の方に集中しろ。でも後でちゃんとメモしとこ。

俺は善良な一般生徒の顔で続けた。

「もしかして、不審者とかですかね。先生に言った方がいいですか？」

「あ、ううん。見回りの時に確認してみるから大丈夫だよ。関係者かもしれないし」

「関係者？」

「うん。生徒会関係者なら自由に入れるから」

よし、いいぞ！　やっぱり噂《うわさ》は真実だったか！

俺は心中でガッツポーズをしつつ、ちらと上野原《うえのはら》のいる方向へ一瞬だけ目線を送る。どうだ見たか、これがお手本だぞ。

しかし、わりとすんなり話してくれたし……このままディティールも探れるかな？

「へぇ、そうなんですか。鍵《かぎ》って職員室にあるんじゃないんですか？」

「屋上には生徒会用の倉庫があってね。昔の資料とか機材とかがしまってあるから、1本だけ生徒会室にスペアキーが預けられてるの」

「ほうほう。それって生徒会役員なら誰でも使えるんです？」

「うん。でも金庫開けなきゃいけないから、役職者の許可はいるけど……」

ふむ、鍵は金庫管理か。まぁ、そりゃそうだよな。

とはいえ、職員室にあるものよりは入手難度が低そうだ。先生よりも生徒の方が騙《だま》……ごほん、理解を得られやすいだろうからな。念頭に置いておこう。

さて、鍵についてはこんなところかな……と、話を切り上げようかと思った矢先。

日野春《ひのはる》先輩がふと違和感に気づいた顔で、こちらの瞳をじっと覗《のぞ》き込んできた。

「——ねぇ、何でそこまで詳しく知りたがるの？」


どくん、と心臓が跳ねる。

やばい。

安易に深入りしすぎたかもしれない。

「あ、いえ特別な理由はなくてですね、ただなんとなくです」

「なんとなく？　それにしては、やけに質問が具体的だと思うけどな？」

訝《いぶか》しげな様子のままの先輩。

ま、まずい！　エマージェンシーだ！　このままだと上野原《うえのはら》の時みたくなりそう！

追い込まれる前に、俺は事前に準備しておいた緊急回避策をとった。


「えと！　じ、実は俺——生徒会に、興味がありましてっ！」


俺の突然の発言に、日野春先輩はきょとん、とした顔で目を瞬《まばた》かせる。

くっ、この手の嘘《うそ》は尾を引く可能性があるから極力やりたくなかったんだが、やむを得ん！

「だから、つい色々と知りたくなっちゃって。すみません、ぶしつけに失礼でしたよね」

「……なんだぁ、やっぱりか。それなら先に言ってくれればよかったのに」

ふぅ、と先輩は息を吐いて警戒を弱め、再び柔らかく笑った。

の、乗り切れたか……？

「うんうんそっか、生徒会に興味があるんだね。今年の1年生はオリエンテーションでも反応がいまいちだったし、誰も見学に来ないから期待薄かと思ってたけど……うん、いい心がけだと思うよ」

「あ、あはは」

よ、よし。

なんか上機嫌になったみたいだし、最悪の状況は回避できたっぽい。

なら、可及的速やかにこの場から退却――。

「見回りの後なら時間作れるから、もっと詳しく話そ。ちょっとだけ中で待っててくれる？」

「あ、いえ、その、まだそこまでは……」

「まぁまぁ遠慮しないで。ちゃんと一から説明するから！」

急にテンションを上げて、ずいっと身を乗り出してくる先輩に、思わず一歩たじろぐ。

お、思った以上にグイグイくるな。見た目おっとりした感じなのに、中身は結構積極的なタイプなのか？　やっぱ外見の印象なんてアテにならん！

「あ、それとも仮入会しちゃう？　ちょうど次の生徒会イベントの企画が動いてるところだから、実際に体験してみた方がより理解は深まると思う」

「いえ、その……」

「他に部活はやってるの？　塾や予備校は？　とりあえず名前だけ先に教えてもらっていい？」

ちょっ、急展開すぎる！

こうなったら多少不自然になっても仕方がない。話を打ち切る方向に舵取《かじと》りしないと……！

「あの、ですから！　まだ悩んでる最中なので」

「あぁダメダメ。そうやって悩んでるくらいなら、まずやってみよう。悩む時間を使って動いてみよう。せっかく峡西《きょうにし》に来たんだし、ここでしかできないことをしなくちゃもったいないよ」

なにその意識高い感じのノリ!?　外見と食い違ってるにも程があるぞ！

「君は新入生なんだから、もっと熱意をもって行動しよう。草食系は女の子にもモテないぞ？」

「ぐぅ……！」

動いてるわ！　超熱意もって行動してるわ！　ラブコメ実現するためにだけど！

先輩はちらと左手の腕時計に目を落とし、ふぅとため息をついてから続ける。

「ほら、そうこうしてるうちに無駄な時間使っちゃったでしょ。この時間があれば、もっと建設的な話ができたはずだよね？　これ以上の浪費はやめにしよ、ね？」

ああくそっ、いちいちイラつく物言いを！

一言くらい言い返してやろうか、と俺が口を開きかけた、その時——。

「——委員長。先生が早く戻ってこいって言ってるよ」

背後から、聞き慣れた平坦なトーンの声が届いた。

俺はハッと我に返って振り向く。

そこには〝共犯者〟——上野原《うえのはら》が、いつも通りの無表情で佇《たたず》んでいた。

「名簿を届けるだけなのにいつまでかかってるのかって。プリントの印刷、まだ残ってるんでしょ？」

そんなありもしない〝設定〟をすらすらと語る上野原。

これは、間違いなく助け舟だ。

俺はすかさずそこに乗ることにした。

「……ごめんなさい。そんなわけで、実は仕事の最中でして」

「あっ、そうなんだ……。もう、なら先に言ってくれればよかったのに」

先輩は、はっと我に返ったような顔になり、続けて柔らかく笑ってから一歩後ろに下がる。

言うタイミングなんてなかったろ、という言葉を飲み込んで、俺は小走りでその場を離れる。

「あっ、1年生！　せめて名前を」

「すみません、またそのうちに！」

俺は先輩の呼びかけを遮《さえぎ》ってそう叫び、廊下の曲がり角に立つ上野原《うえのはら》の横へと並ぶ。

そのまま足早に渡り廊下へと戻り、目の届かない場所にまで移動してから、はぁー、と大きく息を吐いた。

「……すまん、助かった」

「調子に乗って雑に深入りするから」

やれやれ顔で呟《つぶや》く上野原。

今はこのいつも通りの態度が頼もしく感じるなぁ……。

「で、あんな感じの人みたいだけど。ヒロイン判定出《Sランク》そう？」

「…………当面は、情報収集だけに尽力すべきだな、うん」

やっぱデータ大事。情報命。

◆

「どうやら俺はお前を見くびっていたようだ」

北校舎の来賓向け昇降口。

その近く、正門の見える位置に陣取りつつ、俺はそう呟いた。

周囲はすっかり闇に包まれ、校門近くは部活帰りの生徒が頻繁に行き交っている。

「……急に何？」

腕を組み校舎の壁に寄りかかっていた上野原が、目を瞬《まばた》かせながらこちらを見る。

「いや、まさかここまでできるとは思わなかった」

日野春《ひのはる》先輩との一件後、同じ対面調査を他の対象者相手に繰り返していたのだが、試しに一度上野原にやってもらったら、俺の3倍は早く目的の情報を引き出してきた。

的確な会話誘導もさることながら、人の心中や細かな感情の機微を敏感に捉え、即座に会話に応用できる対応力の高さがエゲツない。さらに想定外のトラブルが起きても一切怯《ひる》まないどころか、逆にそれを利用してより細かな情報まで引き出してくる始末だ。

よくよく考えれば、こいつは初対面の時から俺を手玉にとって追い込んできたわけで、素の能力も思考スピードも俺より遥《はる》かに高いのだから、当たり前かもしれない。まるで俺TUEE系の主人公キャラのようだ。さすが上野原さん、なかなかできることじゃないよ。

「ったく、主犯が形無しじゃないか。調査は俺の専売特許だと思ってたのに」

「別に、そう大したことはしてないでしょ。そもそもが長坂《ながさか》の受け売りなんだし」

くるくる、と後ろ髪を巻きながら呟く上野原。

「謙遜《けんそん》するなって。悔しいが、対面調査はどう考えてもお前の方が上手《うわて》だ。いっそ全部任せたいくらいだわ」

これなら分業も視野に入るかもなぁ。俺みたく、イレギュラーで大失敗やらかす心配もないだろうし、安心感が違うよマジで。

「さて……それじゃ次で最後だな」

「……今度は何だっけ？」

上野原《うえのはら》は壁から背を離し、こちらに半歩近づく。

「最後は『行動観察』だ。会話で情報を引き出す対面調査とは違って、仕草や動作から行動傾向なり心情なりを読み解く手法だな」

「観察って……まさか、今度こそ盗撮とかするつもりじゃ」

「馬鹿者、そこで犯罪行為に走ってどうする。日夜盗撮した成果でラブコメを実現しますとかどう考えてもアウトだろうが。法律的に考えろ、法律的に」

「ほんと常識あるんだかないんだかわかんないな……」

俺は呆《あき》れ声の上野原を無視して説明を続ける。このパターンにも慣れてきたな。

「観察時は主観を交えず、客観的に記録すること。あとは反復動作の生起回数にも気を配れ」

「生起回数？」

「その動作をした回数だ。例えば耳を触る、足を組むとかの行動を繰り返しやってたとして、それを何回したか。その辺も記録するんだ」

「……そんなのに意味があるの？」

「反復動作ってのは無意識にやっちまう行動だからな。本人の気持ちや感情と結びついてることが多いんだ」

例えば、緊張している時に足を組み替える人がいたとして、その回数を見ることで間接的に緊張の度合いが測れる、という感じだ。

「まぁ他の要因が関わってることもざらだし、そう単純なものでもないんだが」

「ふーん……で、誰をチェックするつもり？」

「今回は清里《きよさと》さんを対象とする。そろそろ部活終わりの時間だから、帰りのバスに同行しつつ探りを入れる。俺が雑談を通していろんな反応を引き出すから、お前は声の聞こえる範囲で他人のフリをしながらメモしててくれ」

流石《さすが》に清里さんとのやりとりは上野原に任すより俺がやった方がいいだろう。初対面でもなければ事前情報のストックもある。先輩の時のような醜態《しゅうたい》を晒《さら》す理由がない。

上野原はこくりと頷《うなず》いてから口を開く。

「ちなみに何個くらいチェックできればいいとか、目安ってある？」

「そうだな……まぁトータル50件を目標にしようか」

「ちょ、50って……多すぎない？」

「お前なら絶対できる。期待してるぞ」

「……そんなとこで期待されても困るんだけどね」

やれやれ顔で答える上野原《うえのはら》にニッと笑みで返した。そして当然のように「キモい」と返された。ほんとあなたってすぐキモがりますね。

「と、そうだ。行動に移る前に……ほいこれ、変装セット」

言いながら、眼鏡とウィッグ、ついでに2年生用の赤色のネクタイを上野原に差し出す。

「本当は私服か、他校の制服にでも着替えてもらいたいくらいだが……まぁ、上野原は清里《きよさと》さんと面識ないからな。これでいけるだろ」

「いやいやいやいや、何言ってんの、全くいけないから」

上野原は無表情のままブンブンと手を振って拒否の意を示す。

なんだよ、お遊びのコスプレと同じに思ってんのか？

「え？　コレ私にかぶれって？　正気？」

「念には念だっつの。もし調査してるのがバレでもしたら、お前の無事が保証できん」

「いや……それはそうかもだけど」

「あのなぁ、変だと思うから変に見えるんだ。自己防衛用の装備と思えば合理的な選択だろうが。違うか？」

上野原は続けようとした言葉をもにょっとした顔で飲み込み、装備と俺との間で二、三度目線をいったりきたりさせる。

そしてすべてを諦めたように大きくため息をついた。

「…………はぁー、もう。わかった、わかったから。あっち向いてて」

そして俺の手から変装グッズをひったくり、下駄箱の陰に隠れる。

しかし、上野原って理屈さえ通ってれば結構色んなこと受け入れるよな。思ったよりチョロ……いや、真面目だなー、うん。

俺がそんなことを思っていると、手早くおかっぱメガネ少女にクラスチェンジを済ませた上野原がソロソロと戻ってきた。雰囲気を合わせるためか、着崩した制服をキッチリ整え、首元のネックレスも外している。

そして、やると決めたらバッチリ最適化キメてくる。ほんと有能だわ、この共犯者。

「……どう？　髪はみ出たりしてない？」

上野原が両手で眼鏡の位置を整えながらそう聞いてきた。

「ん、ああ、大丈夫——」

しかし、なんというか……JKとして垢抜ける前の図って感じ。

あれだ、おしゃれを覚えて急に可愛《かわい》くなった幼馴染《おさななじみ》の逆再生を見たような……。

「くっ、何でこいつは幼馴染じゃないんだっ……！」

「うっわ、マジで鳥肌立った。今日いちキモい」

3歩くらい離れてから嫌そうに呟《つぶや》く上野原。

「おいコラ、やっぱ幼馴染ディスってんな貴様、主人公の最大の理解者にしてもっとも長い時間を共に過ごしてきた家族にも匹敵する濃密な関係の相手だぞ、唯一無二《ゆいいつむに》の特別なポジションのキャラなんだぞ、『作りすぎちゃったから』って毎朝手作り弁当渡してほしいだけの人生だったぞアァン？」

「いや、ドン引きなのは長坂《ながさか》の反応の方だから。幼馴染《おさななじみ》は別に否定してないから」

ふんっ、と鼻息荒く返してから、俺は再び校門を見やる。

――そして数分後。

ラケットバッグを持ったテニス部らしき一団がやってくるのが見えた。

駐輪場の前で一人、元気よく手を振って別れていった人影。

間違いない、清里《きよさと》さんだ。

「よし。では行動を開始する。頼むぞ、相棒」

「もう毒を食らわばなんとやら、ってやつだと思うことにする……」

俺たちは目立たない程度の速度で清里さんの後を追った。

◆

正門を出て、すぐ右手にあるバス停に向かう。

目の前の道がそのままバス通りだ。通学に使ってくださいと言わんばかりに『峡国西高校《きょうこくにし》前』と名のついたバス停があるわけだが、実際に利用している生徒はさほど多くない。

峡西《きょうにし》ではほとんどの生徒が自転車通学、ないしバイク通学だ。近隣からの進学者が多いということもあるが、最寄り駅の駐輪場が無料だからバスを使う意味がないのである。

なので路線の最寄りに家がある人だったり、種々の事情で公共交通機関しか使えない人に利用者が限定されている。清里さんは前者だった。

俺は人のまばらなバス停に立つ彼女を見つけ、あら偶然とばかりに声をかける。

「あ、清里さん。部活お疲れさま」

「……長坂くん？」

俺の呼びかけに、ぴくり体を震わせてこちらを見やる。

部活終わりだからか、制服姿ながらネクタイを外している。普段は比較的キッチリめの着こなしなので、より一層ラフな印象だ。

清里さんは、その表情を笑顔に変え「お疲れさまー！」と片手を振って返してきた。その動きに合わせて、ふわり、と彼女の纏《まと》う桜の香りが鼻腔《びこう》に届く。

うむ、部活終わりでも元気な天使様である。

「奇遇だねー。まだ自転車壊れたままなんだ？」

「うん、なんか修理に持ってくのが億劫《おっくう》で。バス定期が使えるうちはまぁいいかなって」

こちらも笑ってそう答えた。

なお、俺の自転車は壊れてなどいない。バス通学するための〝設定〟である。ついでに言えばバス代も自腹だが、必要経費なので諦めるほかない。ラブコメには何かと金がかかるのだ。

「今日も残って勉強してたのかな？　入学したてだっていうのに頑張るねぇ」

「ううん、今日はクラス委員の雑用。帰宅部だからって、体《てい》よくこき使われてた」

そう言って肩をすくめる。名簿を先輩のところへ持っていくのだって雑用の一種だし、嘘《うそ》はついていない。学内をうろついていたことのアリバイにもなるしな。

「あはは、十島《とおしま》先生も人使い荒いねー。お仕事お疲れさまです！」

「立候補して委員長になった以上、文句も言えないっていうね。ほんと、変にやる気なんて出さなきゃよかったかも……」

「でも長坂《ながさか》くんがやらなきゃ別の誰かが犠牲になってたわけだし、みんなきっと感謝してるよ。『ありがとう委員長、君のことは夕ご飯くらいまで忘れない』って感じで」

「うんわりとすぐ忘れられてるねソレ」

くすくすと口元に手をあてて笑う清里《きよさと》さん。部活後だというのに汚れ一つ感じられない綺麗《きれい》な黒髪が、肩の上下に合わせてさらさら揺れた。

些細《ささい》な仕草ひとつとってもやたら絵になるんだよなぁ……。ラノベならこのまま挿絵《さしえ》になってもいいくらいだ。

ふと気になって清里さんにバレないよう上野原《うえのはら》の様子を窺《うかが》うと、二人ほど間に挟んだ位置で黙々とスマホをいじっていた。目線ひとつ寄越さないあたり徹底してんな。

そのまま清里さんと他愛ないやり取りを交わしていると、間もなくバスが到着した。路線は1種類しかないので、行き先を確認するまでもなく二人して乗り込む。

車内はお年寄りか学生がほとんど。満席には程遠いが、それなりに座席は埋まっている。流石《さすが》に仲良く並んで座るってのは無理そうだ。

俺は入り口近くの横がけの座席に清里さんを誘導し、その正面でつり輪に掴まって立つことにした。ここなら後部座席から様子を窺いやすいだろう。

お決まりの「どうぞどうぞ」なやりとりもほどほどに、意図した通りのポジションにつく。

「ほんとに私だけいいの？　長坂くんも他のとこに座れば……」

「いや、大丈夫。帰宅部の運動不足解消にご協力ください」

「おぉ、都心のサラリーマンみたいな発言」

なお、上野原は俺の意図を察したようで、段差を上がった先の先頭座席に腰掛けている。何の合図もしてないのにこれとか、もはや思考盗聴を疑うレベルだな……。

——ぷしゅー、とドアが閉まり、バスが発進した。

俺は駅まで、清里さんはその先の住宅街までが利用区間だ。時間にして10分足らずしかないので、有効に活用しよう。

俺はヒット率80%の話題をストックから取り出して話し始める。

「そうそう、この前貸してくれた本、読んだよ。すごい面白いね、あれ」

「おっ、でしょでしょ!?」

清里《きよさと》さんはぱっと顔を輝かせた。

「推理モノの中だと邪道な部類なんだけどね。こう、絶対やっちゃいけないって決まりごとを、『そんなん守る必要ある?』みたいな感じで盛大に無視しちゃうところとか、一周回って清々《すがすが》しくってね! 正統派シリーズからお勧めした方がいいかなー、とも考えたんだけど、長坂《ながさか》くんはこっちの方が気に入るかなって思って——」

清里さんは嬉々としながら、口早に感想を語る。

彼女は結構趣味ネタの食いつきが良く、こうして本の話題を振ると専門分野を語るオタクばりにがっつりと話してくる。

「——で、そこで教授がね、『役に立たないものの方が楽しいじゃないか』って答えて——」

清里さんはシーンに合わせて声のトーンを変え、登場人物になりきったつもりで表情をころころ切り替える。

その無邪気な様子はどこか子どもっぽさを感じさせる。普段の天使系ヒロインとはまた違う、彼女の可愛《かわい》らしい側面だった。こういうところもラブコメヒロイン的にポイント高い。

ひとしきり語り終えて満足したのか、はっと我に返った様子の清里さんは、恥ずかしそうに目を逸《そ》らしつつ頬《ほお》を掻《か》いた。

「とと、またやってしまった……あはは、ごめんね。引いちゃうよねー」

「いやいや、全然！　気持ちはよーくわかるから」

俺だってラブコメ作品について語ったらこれ以上にハイテンションになるもんな。まぁ、この前上野原《うえのはら》に電話でそれやったらドン引きされたんですけどね。

「あー、なんか暑いね。まだ4月なのになぁ」

顔の赤さをごまかすためか、清里さんはぱたぱたとYシャツの胸元を持ち上げ扇ぎ始める。ボタンの外された襟元《えりもと》から白い鎖骨が垣間見え、思わずどきっとした。

清里さんはこれで体育会系っぽいところもあり、たまにこういうラフな振る舞いをする。清楚《せいそ》な見た目とグラマラスな体型でそんなスポーティなことをするものだから、ギャップ効果も相まって反則的な威力で心臓に突き刺さるのだ。どんだけ属性持ってるんだよ、ぱねー、メインヒロインまじぱねーわー。

胸元を扇ぐたび、桜の香りがふわふわ届く。ちらちら覗《のぞ》くきゅっとした流線形の鎖骨。さらにそのもう少し下、見えそうで見えない闇に包まれし禁断の領域には、ハリ良し形良しサイズ良しの、たわわで、たわわな、たわわわわ！

……と、そんなことを思っていると、ポケットの中でスマホがブルブル震えた。

なんだよ、今すげーラブコメ的に重要な描写してるとこだぞ！　邪魔すんな！

になった。

『目線ですぐバレるよそういうの』

通知画面に表示されたメッセージと同時に、横から白けた波動を感知し、俺は一瞬で冷静になった。

そう言えばそこにいらっしゃいましたね、上野原《うえのはら》さん……。

俺は鉄の意思で清里《きよさと》さんのつむじ辺りに目線を移し、しばらく当たり障りのない会話によって心を平静に整える。

内容は、購買のブルーベリーパンがおいしいだの高校の勉強は難しいだの、そんな感じだ。

「――でも清里さん、国語の成績はすごいみたいじゃん。入試成績トップ5だって聞いたよ？」

「いやいや、私なんて単に読書が好きだからなんとなく、って感じだよー。長坂《ながさか》くんに比べたら普通だって、普通」

手を横に振って否定する清里さん。

まぁ俺の方は自慢にゃならないんだけど。単に人より時間かけて対策したってだけだし。調査に関わる知識だってテストに役立つようなものじゃないしな……。

心の中でそんなことを思っていると、がたん、とバスが横に揺れた。その揺れに合わせて、清里さんの前髪が顔を覆い隠す。

そして彼女は、おもむろに目元の髪を指に乗せ、右の耳にかけた。その動きで、いつもは髪に隠れがちな涙ぼくろが強調される。

「そういえばさ」

それから、何かを思い出したかのような口ぶりで。

「長坂くんて、なんでわざわざ遠くの中学から進学してきたの？」

——その不意な質問に、心臓が鼓動を早めた。


「……いきなりどうして？」

落ち着け。

きっと、他意があるわけじゃない。

「ほら、近くの高校を選ばなかった理由があるのかな、って。通学、大変でしょ？」

……なるほど、そういう話か。

俺は密かに胸を撫《な》で下ろし、苦笑してから語る。

「確かに大変だよ。でも峡西《きょうにし》はいい学校だって有名だから、遠くても行きたいって人は結構いるんだ。都会に比べたら学校の数自体少ないしね」

うちの県はぶっちゃけ田舎だ。自分の偏差値や校風を元に学校を選ぼうとすると、選択肢はほとんどない。片道1時間以上かけて遠方の高校に通うこと自体はさほど珍しくもないのだ。

「特に、勉強だけじゃなくて学校生活も楽しく過ごしたい、って人には大人気だね。お祭り学校、なんて言われてるくらいだし」

清里《きよさと》さんは「へぇ」と呟《つぶや》いてから、どこか困った風な顔で笑う。

「そうだったんだね。私って土地勘ないから、その辺り全然なんだぁ」

あぁなるほど。引っ越してきたばかりだろうし、他県の通学事情なんてわかるわけもないか。

「……逆に、なんで清里さんはうちの高校に？」

俺はいい機会だとばかりに質問を返すことにした。

新情報入手のチャンスだし、対面調査で失敗したままというのも主犯として面目が立たん。

俺だってなにがしか成果を出さなきゃな。

「単に家から近くて、偏差値が近かったからかな？　細かく調べてる暇もなかったし」

清里さんは苦笑しながらそう答えた。

「進学実績とか、部活とか拘《こだわ》ろうとは思わなかったの？」

「ううん、その辺りは全然。テニスだって、趣味みたいなものだもん。部があればそれでよかったの」

いつもと変わらぬ笑顔で、ぽんぽんと脇に立てかけていたラケットバッグを叩《たた》く。

うーむ、趣味《それ》で全中レベルなのか……チート感あるなぁ。運動能力もデフォルトで二次元水準なのはさすがといったところか。

俺が脳内メモに新情報を刻み込んでいると、清里さんがすん、と鼻を鳴らしてから目線を左右に動かした。

続いてじっと俺の瞳を見つめ、軽い口調で言う。

「まっ、なんにせよ、普通に学校生活が送れればそれでいいからね。何事も無茶せずほどほどに、ですよ」

そして清里さんは再び笑い、いたずらっぽく片目でウインクをした。

えっ……なにそれ、超可愛《かわい》い。リアルなウインクで可愛いとか初めて思ったんですけど。

やっぱり地上に降り立った天使なのかな？　尊死《とうとし》しちゃうぞ？

迸《ほとばし》る二次元パワーの衝撃に言葉を失っていると、不意に「ピンポーン」というベルの音が響いた。続けて『次は峡国《きょうごく》駅、峡国駅です』の車内アナウンスが流れる。

……うぅん、非常に、非常に惜しいが、どうやら今日はここまでのようだ。

「あ、もう駅か。長坂《ながさか》くん次は電車だよね？　まだまだ道中長くて大変だねぇ」

「あはは、まぁ勉強でもしながらのんびり帰るよ」

「おぉ、ナチュラルに真面目なところがまさに委員長、って感じだねー」

委員長キャラは女の子じゃないと意味ないんですけどねー。なんで俺なのかねー。

そんな悪態を心で漏らしながら清里さんに別れを告げ、俺（と上野原《うえのはら》）はバスを降りた。

――去り際、ふとバスを振り返って見ると、新たに乗ってきたお年寄りに黙って席を譲る清里《きよさと》さんの姿が目に入った。

その動きはあまりに自然で、一瞬の躊躇《ちゆうちよ》すら感じられなかったから、思わず「はぁ」と感嘆のため息を漏らしてしまった。

本当、やっぱり大天使だわ。

◆

清里さんを乗せたバスがターミナルから走り去るのを見送って、俺は駅ビルへと入る。

予《あらかじ》め集合場所に指定していたパン屋に入り、周囲に人のいない角のスペースを確保。カツサンドとコーヒー、それにタピオカミルクティーを注文して席に着く。

上野原《うえのはら》はまだ来ないか……まぁ、待つ間に新情報のメモを作ってしまおう。記憶が新鮮なうちにやるに越したことはないからな。

そう思ってガシガシとスマホにメモを残していると、ほどなくして上野原が現れた。

「お疲れさん。ま、座れよ」

手に持つトレーの上はクリームメロンパン、チョココロネ、あんドーナツという春のパン祭り状態だが、こちとらいい加減慣れてきたので突っ込まないぞ。

　なお、上野原はウィッグを外し、制服も元に戻していた。髪は珍しく両サイドで2つに結んでいる。やけに来るのが遅いと思っていたが、トイレあたりで変装を解いてから来たっぽい。

「……で、それは気に入ったのか？」

　が、なぜか丸眼鏡だけかけっぱなしである。

　上野原はくいっ、と片手でフレームの下側を持ち上げると、いつものフラットな声で言う。

「他の生徒に見られるかもしれないじゃん。時間遅いとはいえ一応最寄り駅だし」

「だったらウィッグもそのままにしとけば……」

「あのね、他人のフリするために変装したのに、まんま同じじゃ何の意味もないでしょ。常識的に考えなよ、常識的に」

「俺のネタ盗られた!?」

　せっかく定番セリフっぽく定着してきたと思ったのに、意趣返しのつもりかちくしょう！

　俺は憮然《ぶぜん》とカツサンドをモシャっていると、目の前に腰掛けた上野原が「ふぅ……」とくたびれた様子で息を吐いた。

「とりあえずマジで疲れた……もう指がつりそう」

「ふむ、筋トレも必要だな。で、どうだった？」

「清里さんといる時の長坂《ながさか》のキャラがキモかった。何あのペラい演技、全然合ってない」

「そこじゃねーよメモだよ！」

疲れててもしっかりディスはするんですねぇ！

「まぁ、そっちは一応それなりに。……こんな感じ」

そう言って、上野原《うえのはら》がスマホを渡してよこす。

「どれどれ……」

俺はするすると画面をスクロールしていく。

うん、いい感じに記録できてるな……「手を絡める」5回、「髪を耳にかける」1回、「スカートを触る」3回……生起回数もマメに記録しててよき。あ、でも「長坂《ながさか》鼻の下伸ばしてるキモい」は完全に主観ですね。つか俺の観察してどうすんだ。いらね、削除と。

最後まで流し見た後、こくりと頷《うなず》いて言った。

「いいぞ、素晴らしい。てか、結局１００件近く記録してんじゃねーか、この万能超人め」

「……別に、万能でも超人でもないから。第一、長坂ならもっとうまくやれるんでしょ？」

「俺でも分速15件がせいぜいだ。誇っていいぞ」

こいつの1回と俺の1年がほとんど等価とか、ほんと才能《スペック》の差って残酷よね。

俺は頬杖《ほおづえ》をついてぼうっと外を見ていた上野原に、手元のタピオカミルクティーを差し出す。

「ほれ、今日の報酬。絶対好きだろ、お前」

「なにこの女子高生にはこれやっときゃいいんだろ的なチョイスは。もうブーム過ぎてるし」

「ちげーよ、メニューの中で一番甘そうだったからだっつの」

パンとの組み合わせを考えるとカオスでしかないが、シェイクでアップルパイ食うやつ相手には今更だろう。

上野原《うえのはら》は意外そうに目を瞬《まばた》かせ、それから「……まぁ、もらうけど」と呟《つぶや》いてカップを手に取った。そのまますぐに口には運ばず、ストローでつんつんと底のタピオカをつついている。

「しかし、上野原のポテンシャルの高さを改めて実感できたし、新情報も色々手に入ったし。やっぱ今日の実地研修はやってよかったな」

うんうん、と俺は満足げに頷《うなず》いて、コーヒーを口に運ぶ。

うむ、おいしい。やはりホットコーヒーが正解だったな。

「……ねぇ、長坂《ながさか》」

「ん？」

底に沈むタピオカを眺めながら、ぽつりと上野原が呟く。

伏し目がちな瞳が常よりも感情を含んでいるように見えて、なんとなく俺は身構えてしまう。

「これ……ほんとに毎日やってるの？」

「まぁ、他に優先度の高いことがなければ」

「他のことしなくていいの？　勉強とか」

「ちゃんと空き時間見つけてやってるぞ。ある程度成績良くないと動きにくいからな」

清里《きよさと》さんに言った通り、基本通学電車の中は予復習に当てている。俺の場合、迂闊《うかつ》にサボればすぐに並レベルの成績まで落ちちまうだろうしな。

ふと、上野原がストローを持つ手を止める。

そして、やけに真面目な声色で。

「なんでそこまでして、ラブコメなんて実現したいの？　長坂にとってのラブコメって、いったい何？」

その薄い赤茶色の瞳をこちらに向け、そう尋ねてくる。

「……どうした、急に。そこにラブコメがあるから、それ以外にあるか？」

「そういうんじゃなくて。もっとちゃんとした理由」

上野原はディスツッコミもせずに淡々と返してきた。

……なんだか珍しくマジな雰囲気だな。

俺は腕を組み、どう答えたものか、と考えを巡らせる。

――がやがやとした雑踏の音が、遠くに響いている。

俺は、少しの間、目を瞑《つむ》り――。

それから、ゆっくりと口を開いた。

「――ラブコメの世界ってのはな。ハッピーエンドの約束された理想郷なんだよ」

「……理想郷？」

「ああ。そこには恋も、友情も、感動的なドラマも、ラッキーなハプニングも……おおよそ、普通の中高生であれば求めてやまないすべてが詰まってる。実際に経験できたら、絶対に人生が充実するだろうすべてがな」

「……」

「そして、そんな夢と理想そのものの世界は、必ずハッピーエンドで終わる。途中で紆余曲《うよきよく》折《せつ》があっても、辛いことや悲しいことがあっても、最後には絶対に救いがあるし、報われる。登場人物それぞれが、かけがえのない何かを得て、エンディングを迎えるんだ」

「……かけがえのない、何か」

上野原《うえのはら》はそこだけぽつりと繰り返して、再び黙った。

俺は視線を落としてから、続ける。

「でもな……」

「所詮、理想は理想、現実は現実。少なくとも……俺の現実がラブコメとは程遠い、ってことにはとっくの昔に気がついてた。だって、俺には主人公っぽい特技なんて一つもなかったし、ヒロインらしい属性を持った子だって一人もいなかったからな」

ふと、窓の外を見やる。そこには雑多な人々が行き交っていた。

「だからかつての俺は、全国に何百万人といるただのラブコメ好きのラノベ読者だった。こんな学校生活が送れたらいいな、って他人事《ひとごと》のように考えてる、どこにでもいる中学生Aだった」

そして、その名もなき何百万分の一だった俺は、こう理解《あきら》めていた。

「俺の現実の先に、ラブコメのように何者にも代え難い人々との出会いはない。ラブコメのように満ち足りた日常はない。そして……無味無臭な毎日に耐えながら生きたとして、ハッピーエンドにたどり着く保証もない」

だから。

「だから俺は──そんな現実と、そんな現実に流されるだけの自分が、ずっと嫌だったんだ」

そこまで話して、俺はすっと息を吸った。

──だが。しかし。

「でも、ある日……ひょんなことで、ラブコメっぽいイベントが、起こせた」

それは、本当に小さなきっかけだ。

修学旅行の計画で、趣味の一貫として調べておいた観光スポットの情報を披露しただけ。

それを聞いたクラスメイトの女の子が「一緒に行ってみる?」と一言耳打ちしてきただけ。

そんな些細《ささい》な出来事だったけど——。

「その時、ふと思った。もしかして、その理想郷は……俺にだって、たどり着ける場所にあるのかも、って」

俺は机の上で両手をぐっと握りしめる。

「よくよく考えればな。ラブコメの主人公ってのは、驚くほど多様なんだよ。平凡な高校生が主人公なんて王道を超えて古典のレベルだし、ぼっちやオタクはもはや主流だ。すでに充実した毎日を勝ち取ってるはずのリア充でさえ、主役を張れる」

つまり。

「個々人の特性とか周囲の環境とか、そういう要素は全く関係がない」

そして俺は、噛《か》みしめるように一言一言をはっきりと言い放つ。

「どれだけ才能に恵まれなくても、環境に恵まれなくても、運に恵まれなくても……そんなのは関係ない。そこに唯一、条件があるとすれば——」

——すべての主人公に共通する要素。それは。

「自分自身を貫くこと。だから、長坂耕平《ながさかこうへい》は、長坂耕平ができることをやり抜けばいい。それが俺の生きる現実でラブコメをする……いや、現実をラブコメにするための、ただ一つの条件なんだ」

そこまで話し切って、俺は深く息を吐いた。

「……と、まぁ。理想郷には手が届く、だから手を伸ばす。言っちまえば本当にそれだけだ」

ちと熱く語りすぎたかな。すっかり喉が渇いてしまった。

俺は温《ぬる》くなったホットコーヒーを一気に飲み干して喉を潤す。うん、結局ホットコーヒーも失敗だな。もう次から水でいいや。

「……そっか」

ずっと黙ったままだった上野原《うえのはら》は、目を瞑《つむ》ってぽつりと呟《つぶや》いた。

それはいつもよりも感情の乗った相槌《あいづち》に聞こえたが、すぐにいつもの平坦な声で話し始める。

「うん、こう『俺今カッコいいこと言ってる』って陶酔しちゃってる感がゾワゾワ来た。主人公になる条件とか、別に聞いてないのに勝手に語りだすし」

「おーい！　俺がせっかく真面目に答えてやったのにディスるなや！」

「てかラブコメが何かってのはともかく、長坂がそれを実現したいことの理由って何も説明してなくない？」

ああもうっ、いつもは察しがいいくせに、なぜわからんのか。

「あのな、最初に言っただろ。ラブコメはハッピーエンドが約束された理想郷だって」

「それは聞いたけど……」

上野原《うえのはら》は小首を傾《かし》げる。やはりピンときていないようだ。

つまり、と俺は咳払《せきばら》いしてから答える。

「逆に考えれば――現実をラブコメにできれば、ハ、ッ、ピ、ー、エ、ン、ド、が、約、束、さ、れ、る、だろうが。高校生活で最高のハッピーエンドを迎えるために、俺はラブコメを実現するんだよ」

その言葉を受けて、上野原は大きく目を見開いた。そのままぱくぱく、と空気を食べている。

また妙なレア顔だな。

「ねぇ……それ、本気で言ってる？」

「当たり前だろうが。ハッピーエンドが嫌いな奴がこの世にいるか？」

「…………………、やっぱ大馬鹿野郎」

「なにゆえその結論⁉」

「暴論すぎて言葉を失った。そもそも理屈が成り立ってないし、ハッピーエンドってのもアバウトすぎて意味不明だし」

「あーもうっ、このガッチガチの合理主義者が！」

そんなとこまで理屈を求めるなっつーの！

タピオカミルクティー返せ、と言ってやろうかと思った、その時。

「でも」

と、上野原は。

どこか遠くを見るような目で、口元にだけ小さく笑みを携えて。

「そういう大馬鹿なの。いかにも長坂《ながさか》って感じで、いいんじゃない？」

そう言ってから、手に抱えたタピオカミルクティーをゆっくり口に運んだ。

──俺らしくて、か。

それは、自分に言い聞かせるように言い続けた言葉だけど……。

人からそう言われたのは、これが初めてだ。

俺はなんだか急に照れ臭くなって、もじもじと身をよじる。

「まぁ……そう、だといいんだが」

「私には無理だしね。貫くべき自分とか、自分にしかないものとか、何もないし」

「……え?」

さらっと語られた言葉に引っ掛かりを覚えるが、俺が何かを言う前に上野原《うえのはら》は変わらぬ様子で続ける。

「てか非常識、夢想論者に加えてナルシストまで入ってるとか、相当な難物件だよね、長坂《ながさか》って。女子としては一番アウトなタイプ」

「前よりも酷くなってる!?」

やっぱ全然いいとか思ってないじゃん……。

◆

それから俺たちは手早くデータの共有を済ませ、次なる方針会議まで終わらせた。

「──て感じで次は応援練習の事前指導だな。とりあえず俺の方からは以上だ。そっちはなんかあるか?」

俺はタブレットに表示した資料を閉じつつ尋ねる。

上野原は口元に手を当てて一瞬黙り、すんと鼻を鳴らしてからぽつりと呟《つぶや》いた。

「……念のため確認なんだけど、長坂って香水とかつけてないよね？」

「は？　なんで？」

「うん、なわけないよね。ごめん、何でもない」

軽く手を振ってからその手を口元に持っていき、ぶつぶつと一人考え込む様子の上野原。

え、もしかして……汗臭いとか、そういうんじゃ、ないよね……？

「い、一応無香料の制汗剤なら使ってるんだけど……？」

「いやもういい。てかキモい。ちょっと黙って」

「理不尽！」

最初に聞いたのはお前じゃん！

俺がくんくん手やら服やら異臭がしないか確認していると、上野原は首を横に振ってから息を吐いた。

「……どのみちこれだけじゃ、かな。とりあえず私も何もなしで」

「なんなんだよ……」

気になる言い方しやがって。

「それで。今後の調査って、結局私はどうすればいいの？」

「む……」

ふむ、自ら仕事を求めるとは、積極的だな。順調に洗の……ごほん、共犯者意識が芽生えてきたようで何よりだ。

　俺はしばし考えて、それから告げる。

「まぁ、毎日の巡回調査とか、細々《こまごま》したのは俺がやるから大丈夫だ。あえて上野原《うえのはら》にやってもらわなくとも、俺だけで回せるし」

「あ、そ」

　視線を窓の方に移してぽつりと呟《つぶや》く上野原。

「その代わり、特定情報を集める時の対面調査を担当してもらいたい。どう考えても俺がやるより向いてるし、お前ならそうそう失敗することもないだろうしな」

　その言葉を受けて上野原はこちらに向き直し、後ろ髪をくるんといじってから答えた。

「ま……できる範囲でね。個人的に気になることもあるし、今日みたいのを毎日やれ、って言われなかっただけマシだと思うことにする」

　そう言いながら、眼鏡をくいくい持ち上げる上野原。

　……やっぱ眼鏡《それ》気に入ったんじゃ？

「……それ、やろうか？　別に高いもんじゃないし」

「え、いらないって。そもそもダサいし。伊達眼鏡にしてもセンスあるの選べばいいのに」

「おい、眼鏡のプレゼントって重要フラグなんだぞ！　冴《さ》え〇ノだと立場逆だけど！」

「はいはい、キモいキモい」

最後はやっぱりいつものノリで締めて、俺たちはその場を離れた。

——やっぱり、あの時上野原を勧誘したのは正解だった、と思う。

元々、誰かに見せるつもりはなかったラブコメの舞台裏だけど……共犯者という、裏方で助け合える存在は、間違いなくプラスに働くだろう。

これならきっと、うまくいく。

俺の、俺たちの計画《プロジェクト》を、絶対に成功させてやるんだ。

でも——。

この現実で、すべてがトントン拍子に進むわけがなかったのだ。

第三章 ヒロインが容易にデレるとだれが決めた?

Who decided that I can't do romantic comedy in reality?

俺は日課の調査活動をこなしつつ、着々と登場人物との距離を縮めるべく動いていた。

事前調査によって得た情報は活かしてこそ意味がある。今度はそのデータを元に、ターゲットたちの〝好感度〟を上げていくのが重要になってくる。

——そして、今日はその絶好の機会。

応援練習の事前指導、その当日である。

「へぇ、ここが白虎《びゃっこ》会館かぁ。初めて入ったけど結構広いねー」

そう感嘆の声を漏らす清里《きよさと》さん。

おでこに手をかざして周囲をぐるりと見まわすその仕草は、相変わらずナチュラルに二次元ヒロインじみていてとても可愛《かわい》らしい。

なお、体を動かすことを想定してかブレザーの上着を脱ぎ、髪はポニテに結っていた。小刻みに跳ねる黒いしっぽと、ふとした拍子に見える真っ白なうなじに男はみんなイチコロだ。

おいお前ら、これがうちのメインヒロインだぜ？　羨《うらや》ましいだろハハーン？

先ほどからこちらをチラチラ見ている他クラスの男子を心中で煽《あお》ってみたり。見てるだけの君らとは立場《ポジション》が違うのだよ、立場《ポジション》が。

そんな俺のしょぼいマウンティングをよそに、清里さんはとんとん、とつま先で床を叩《たた》いた。

「映画館みたいに座席とか並んでるのかと思ったけど、普通の体育館っぽいね」

ここ白虎会館は、校門入って左に位置する、校舎から独立した多目的ホールだ。清里さんの言う通り、文化ホールというより小体育館に近い施設である。

なお、名前の由来は峡西《きょうにし》が文字通り市の西側にあり、西の守護聖獣が白虎だから。なんだか厨二《ちゅうに》臭いネーミングだが、市の南にある高校は朱雀《すざく》にちなんだマークを校章にしていたり、東は青龍《せいりゅう》を名称に使ってたりと意外とメジャーなようだった。実はなんか封印されてたりしないよな、うちの県。

「体育館の他にこんなのあるなんて、やっぱ中学とは違うなー。何の意味があるんだろ？」

常葉《ときわ》は平常運転のマイペースっぷりだ。後の部活に備えてジャージに着替えている。

本番の応援練習とは違い、今日は振り付け指導があるだけだから、さほど時間はかからない見込みだ。結局部活に行かなければならないと知った時の常葉はゲッソリとしていたが、もうどんまいとしか言えない。

「そりゃ、部活やら授業で体育館使えないことが多いからだろ。吹奏楽部《ブラバン》の練習場にもなってるらしいしな」

鳥沢《とりさわ》が冷静に真っ当な言葉を返している。

こちらは軽音学部だからか、制服のままだ。ただいつもつけているシルバーアクセを外し、学校指定のネクタイを首元まできっちり締めている。

ＴＰＯをきちんと弁《わきま》えるタイプのようで、やっぱりただの唯我独尊《ゆいがどくそん》キャラというわけではなさそうだ。うんうん、ラブコメ的にポイント高いよー、そういうとこ。

俺はちらりと壁掛け時計を見る。集合時間より早めに来たこともあって、まだまだ開始までは余裕があった。

——さて、やっと訪れた登場人物が一堂に会す機会だ。

これからのコミュイベントでみんなの好感度をがっつり上げてやるぞ！

俺は予《あらかじ》め考えていた会話ネタを披露しようとして——。

「あれ、長坂《ながさか》。集合するの早いね」

「おい待て上野原《うえのはら》、今俺は忙し……」

……ん？

おかしいな。何で今、テンプレリアクションが自動発動した？

「お取り込み中？」

首を傾けてこちらを見上げる、すっかり見慣れた姿。

——なぜかそこに、上野原彩乃《きょうはんしゃ》が佇《たたず》んでいた。

「ハァ!?」

俺はつい大きな声を上げてしまい、やばい、とすぐに口を手で覆う。

他の３人が何事か、といった顔でこちらを見た。

「ちょ、ええ？　……なんで!?」

「いや、なんでって。応援の事前指導に来たんだけど」

きょとん、とした顔で小さく首を傾《かし》げる上野原。

いやいやいやいや、そういうことなんだけどそういうことではなく！

上野原は「ああ」と何かを思いついたように、胸の前でぽんと手を叩《たた》いた。

「言わなかったっけ？　私もクラス代表やることにしたから」

ひとっ言もそんなん聞いてねぇ！　そういう大事なことをなぜ事前に言わない!?

「まぁまぁ、とりあえず落ち着きなって」

心臓はドキドキを超えて、バクンバクンしている。

ちくしょう、せっかく気合い入れてコミュろうと思ったのに、超特大のイレギュラーを叩き込んできやがって!!　俺のイベントプランがむちゃくちゃだよ!!　てかなんでこいつ
いきなりわけわからんことし始めたの!?

「えーと……長坂くんのお知り合い？」

俺がちんぷんかんぷんプンスカプンしていると、清里《きよさと》さんが怪訝《けげん》な顔でそう尋ねてきた。

「うん、そんなとこ。初めまして、1年5組の上野原彩乃《うえのはらあやの》です」

「……ウエノハラ、さん？」

「え、なになに委員長！　こんな可愛《かわい》い子と友達だなんて、なんで教えてくれなかったん⁉」

すん、と鼻を鳴らして驚く清里《きよさと》さんと、なんだか興奮している常葉《ときわ》。

が、今の俺はそれどころではない。

「ち、ちょっと、チョトコチ、キナサイ」

「何そのアホっぽい片言」

「イイカラ、コイ、ハヤク！」

問答無用、と上野原の手を引っ張ってホールの入り口まで引きずり出した。

ドア横の死角に入り込むや否や、俺は小さな声で叫ぶ。

「どういうつもりだよオラァ！　対面調査任すとは言ったが、こんなトラブルもってこいとは言ってねぇ！　事と次第によっちゃタダじゃすまねぇぞゴラァ！」

「どうでもいいけど、小声で絶叫って器用なことできるね」

「ほんとぉーにどうでもいいわ！」

こいつ実は敵のスパイなの、ホントは計画破綻《はたん》させようとしてるの、そうなの⁉

俺が声にならない悲鳴を上げていると、上野原がそっと顔を寄せて耳打ちしてきた。

「色々考えたんだけど、やっぱこうして直接面識持った方が色々楽かなって。ちょうどいいタイミングだったし来てみた」

「『えへへ、来ちゃった』の無駄遣いすんじゃねぇーよ！」

「……わりと余裕ある？」

「あぁもうっ、なんで事前通告もなしにこんなことしやがった！　今日のイベント説明した時とか、言う機会なんていくらでもあったろうが！」

上野原は口元に手を置いてからしれっと言った。

「……それはほら、ノリで？」

「ただのノリで!?　それでこんなイレギュラー起こすのやめてもらえます!?　しまいにゃボロ出すぞアァン!?」

「そこ威張るとこじゃないから。あと、さっきから口調がキモいよ」

「お前のせいだろーがよぉ！」

上野原はやれやれ、とため息をついてから手のひらを俺の顔の前に突き出した。

「とにかく、悪いようにはしないから、今はおとなしくしてて。口開くと余計なこと言いそうなら黙って適当に相槌《あいづち》打ってればいいから」

いきなり出てきてなんてむちゃくちゃな物言いだ！

はぁぁあー、と俺は大きく息を吐いた。

ペシペシ顔を叩《たた》き、深呼吸を2、3度繰り返す。

……冷静《クール》になれ、長坂耕平《ながさかこうへい》。ステイクールだ。

起こってしまったことは、もうどうしようもないんだ。きっちり現状に目を向けろ。

もうこうなった以上、こいつの口車に乗るしかない。意図はまったく謎だが、面白半分でこんなことやる奴じゃないし、なにがしかの意味があるんだろう。たぶん。

俺は疑問とか文句とか、色々なものを丸ごと飲み込んで、頰《ほお》をもう一発ぱしんと叩《たた》く。

「……うまくいかなかったら承知しないからな！」

「はいはい」

はぁ、と最後に一息吐いて、覚悟を決めた。

俺たちは再びホールの中へと入り、みんなの元へと戻る。

「えーっと……ごめん、いきなり出てっちゃって」

3人の元に戻るなり、ひとまずそう謝った。

常葉《ときわ》はぽかんと口を開けて呆《ほう》け、鳥沢《とりさわ》は腕を組んで黙り込み、清里《きよさと》さんは眉根《まゆね》を寄せて困惑げ……ああもう、完全に不審に思われてるじゃないかっ。

もうこっから先は知らん、とばかりに上野原《うえのはら》の方を見やる。

上野原は目線で了解の意を伝えてきてから、わざとらしい呆《あき》れ顔を作った。

そして馴《な》れ馴れしい感じで俺の肩に手を置き、もう片方の手でつんつんと脇腹をつつかれる。

「こいつって、昔から不意打ちに弱いから。いきなり声かけられたからキョドったんだって。

ウケるよね」

　お、お前、いきなり人の弱点をベラベラと……！　せっかくこれまで隠してきたのに！

「えーと……とにかく、長坂くんのお友達……で、いいのかな？」

　いつもの笑みに戻った清里さんは、確認するように尋ねる。

「うん、よろしく。上野原でも彩乃《あやの》でも、お好きにどうぞ」

「じゃあ、彩乃ちゃんで！　俺、常葉英治《えいじ》、バスケ部ね！」

　横からしゃしゃり出てきた常葉はやけにテンションが高い。

　清里さんに関してもそうだったが、どうも美人に弱いっぽい。二人のタイプは全然違うから、可愛《かわい》ければなんでもいいのかもしれない。減点項目だこんにゃろう。あとで友達ノートに追記してやるからな、覚悟しとけ。

　そんな常葉に、上野原は「あはは」と笑ってから話し始める。

　……え、待って、笑ってから？

「はいはい常葉君。てか、うちのバスケ部ってインハイ常連の強豪なんでしょ？　実はすごい人だったりとか？」

「え……!?　いや、いやいや、それほどでもないよ！」

「今度大会あったら見に行きたいかも。その時は誘ってくれる？」

「も、もち！　誘う誘う！」

「うん、約束だよー」

そう言って、上野原《うえのはら》は常葉《ときわ》の胸元をぽんと軽く叩《たた》いた。

え、なにそれ。お前いつもとキャラ違くない？　なんか表情豊かだし、そんなグイグイ距離縮めてくる感じだったっけ？

「で、そっちの背の高い君は？」

「鳥沢翔《とりさわかける》」

「鳥沢君ね。てか、すっごいイケメンじゃん。めちゃモテるっしょ？」

「別に。つか、長坂《こいつ》とどういう関係だ、お前？」

「単なる友達……じゃ、納得できないっていうなら、この大馬鹿野郎の保護者、とか？」

「そういうのは好きじゃねーな」

「そっか。なら、君と似て非なる関係……ってのでどう？」

「……ふぅん？」

で、鳥沢とは意味深な感じの会話を繰り広げてるし。頭キレる人同士の会話って副音声ありそうで怖いからやめて。

「それで、そっちの美人さんは？」

「……あ、私のことは芽衣《めい》って呼んで！　私も彩乃《あやの》って呼ぶから！」

「そ、じゃあ芽衣で。ん、芽衣……あれ、もしかして下駄箱お隣じゃない？　フルネーム清《きよ》里芽衣《さとめい》だよね？」

上野原がぽんと手を叩いて、その薄赤色の瞳で覗《のぞ》き込むように清里さんの目を見る。

清里さんは、はっとした顔でポンと手のひらを叩く。

「あーそっか！　どこかで見たなーと思ったら、それだ！」

「ほんと偶然。なんか運命的じゃん」

「あはは、そうだね、運命的だ！」

清里さんはそう答えて、にこりと笑った。

「それで、ここにいるってことは、彩乃も私たちと同じ被害者かな？」

「いや、私は立候補。長坂《ながさか》がやるって言ってたから、どうせだから近くで見て笑ってやろうかなって。こいつリズム感ないし」

おいだから勝手に設定盛るなっつーの！　あえてヘタに振る舞わなきゃならなくなんだろーが！　人が黙ってるからって好き勝手しないでもらえません!?

「へー、そうなんだ！　あれだな、合唱とか苦手なタイプだ！　ねぇねぇ彩乃、なんかマル秘ネタ知ってるんじゃないのー？」

「うーん、面白ネタといえば……中1の合唱コンクールで声裏返っちゃって、終わってから校舎裏で隠れて泣いてたってことくらいかな」

加速度的に増えていく俺の黒歴史！　つかよく間髪容れずにそんなエピ作れんな!?

「あはは、かわいいねぇ。となると、二人は同中だったのかな？」

「ううん。親同士が知り合いで、プライベートでの接点が多かったってだけ。まさか同じ高校に通うことになるなんて思わなかったけど……もしかして、実は私のストーカーだったり？」

「おうこらいい加減にせーや！」

「何そのエセ関西弁。純県民のくせに」

「お前《まん》のせいじゃんけ!!」

はっ、やばい。つい我慢できず方言丸出しでツッコんでしまった！

変に思われていないか、とちらりと清里《きよさと》さんの方を見る。

清里さんは口元に手を置いて「へぇ」と呟《つぶや》いた。

「長坂《ながさか》くんって、それが素？　いつもよりなんか勢いあるね？」

「え、あ、う」

「長坂、猫被りすぎなんじゃない？　もっといつものアホな感じ出せばいーのに」

「アホじゃねーっつこん！」

「あははっ。これは、夫婦《めおと》漫才の相方は彩乃《あやの》に譲るしかないかなぁ？」

な、なんだと！　せっかく得たはずのラブコメっぽい立場《ポジション》が!?

衝撃に硬直した俺を気にする様子もなく、上野原《うえのはら》は他の面々と親交を深めていく。

先ほどから上野原の独断専行《どくだんせんこう》に圧倒されっぱなしだ。もはや驚きや怒りを通り越して逆に冷静になってきた。

——当人が言っていた通り。上野原は本当に〝登場人物〟と関係を持つつもりらしい。

今までは間接的にしか知り得なかったみんなと直に接することで、より多くの情報を得ようとした、ないし、直接介入できるようにしたかったんだろう。

とはいえ、接点が一切ない状態でいきなり仲良くなるのは難しいと踏んだのか、俺という存在をうまく使って『友達の友達』というポジションから一足飛びで関係を始めるつもりのようだ。やたらと人をディスってきたり過去エピソードを披露《でっちあげ》したりしてるのは、それだけ気安い関係だということを示すために違いない。

俺はノリよくみんなとの会話に花を咲かせている上野原の動きを観察する。

実地研修の時から、上野原のトーク力が高いことは知っていたが……想像以上のレベルだ。

今の上野原は、相手によって自分のキャラクターすら柔軟に変えている。

例えば常葉《ときわ》と接する時は、表情をころころと変えて女子っぽさを全面に出し、逆に鳥沢《とりさわ》との会話では、言葉少ないながらもキレのある一言を差し込んで、知的な側面を押し出している。

誰に対しどう接するのが一番効果があるか、それを理解し最適化した動きに違いなかった。

しかも一見、食い合わせの悪そうな態度を不自然なく両立させているのだから、もうお手上げである。

本当、これだけ万能なら、ラブコメを目指すまでもなく毎日充実してるのかもな……。

そう思ったら、ふと脳裏に疑問がよぎった。

じゃあなんで上野原《うえのはら》は、ここまで積極的に協力してくれるんだろう？

こいつにとって、計画を手伝うメリットって、何なんだ？

「――それじゃ、そろそろ始まりそうだし、自分とこのクラスに戻るね。長坂《ながさか》、みんなの足引っ張らないように」

……と、俺がそんなことを考えている間に、上野原はさらりと話を切り上げて去っていった。

「またねー彩乃《あやの》ちゃーん！　いやー委員長、マジあんないい子と知り合いだったなんて、もっと早く言ってくれよー」

ＩＤ交換しちゃった！　と常葉《ときわ》はすっかりデレデレだ。完全に攻略されたようである。

「ほんとほんと。長坂くんて、うちの学校に友達いないって言ってたのに……あ、さては恥ずかしい過去をバラされないように隠してたなー？」

清里《きよさと》さんが悪戯《いたずら》っぽい顔でこちらに流し目を向けてきた。

「あー、えー、ま、まぁね。同中じゃないし、友達ともちょっと違うし、みちゃいな？」

やべ、微妙に噛《か》んだ。やっぱまだ本調子じゃないな、くそ。

「……ふーん？」

清里さんはじとっとした目になって、覗《のぞ》き込むような格好で接近してきた。

あ、あかん。近い、近いです。それ以上はそのふくよかな胸部が接触してしまいます。青少年のパトスが暴走してしまいます。ハッ、でもそれこそまさに〝ラッキースケベ〟じゃ!?

俺が自ら近づくべきか待つべきか究極の選択に頭を悩ませていると、清里さんはすっと距離を離してしまった。

あっくそっ、もうちょっとだったのに！　やっぱそう簡単にラッキースケベなんて無理か、ちくしょうめ！

「それにしても長坂くん、彩乃の前だと全然印象違うんだね」

……む？

「あ、そうそう、俺もそう思った。委員長、なんだかんだ言いながらいつもキッチリしてるっていうか、硬くなってる感じだったからさー。知り合いが一人もいない中で委員長になんてなったから、気を張ってるのかなーって思ってたんだよ」

常葉がうんうんと首肯する。

「ああ、それには全面的に同意だな。ヘラヘラしてるよか、そっちのがよっぽどマシだぜ？」

鳥沢《とりさわ》はやれやれと両手を上げながら言う。

「……ホントに俺ってそんな風に見える？」

こくり、と3人が同時に頷《うなず》く。

……なんてこった。

確かに、変に思われないよう意識して接していたのは認めよう。

とはいえ、努めて気安く振る舞うように心がけていたし、接しにくいタイプだと思われないように動いているつもりだった。

だが、登場人物3人がみんな同じ見解だというのは、予想外だ。

「あんな感じでもっと肩の力抜いていこーよ。気なんて使わなくてい━って！」

「もっと好きなようにやりゃいいだろ。その方が飽きなそうだ」

――もしかして、あいつ。

俺は離れたところでクラスメイトと談笑する上野原《うえのはら》の姿を見た。

まさか、こうなることまで見越してた……？

あえてイレギュラーを起こして俺に素顔をさらけ出させ、より関係が深まるようなコミュイベントに仕立て上げるつもりだった……？

すると、まるで俺が目線を送ることを予見していたかのように、上野原と目が合う。

そうして、あいつは肩を竦《すく》めて。

『だから言ったでしょ？　悪いようにはしないって』

そんな声が、自然と頭の中に響いた。

──ああもう、優秀すぎる共犯者は、扱いに困る。

こんな風に計画を進展させられるイベントを打たれたら──独断専行《どくだんせんこう》だって認めざるを得ないじゃないか、こんちくしょう。

◆

事前指導は思った以上にあっさりと終わった。

周りを応援委員に囲まれて云々《うんぬん》は全体でやる応援練習だけのようで、極めて穏当に振り付けを教えてもらい終了だ。

なお、俺は上野原に付け加えられた〝音痴《おんち》設定〟に従って何度か音を外していたので、みんなに笑われました。諸悪の根源はしれっとした顔をしてました。ちっ、覚えとけよ！

「じゃ、俺部活行ってくるねー」

「俺も行くわ。じゃーな」

終了となるや否や、常葉《ときわ》と鳥沢《とりさわ》はそう言ってすぐに出て行ってしまった。他クラスの面々も面倒ごとは終わったとばかりに足早に白虎《びゃっこ》会館から立ち去ろうとしている。

ちなみに上野原も既にその姿を消していた。文句の一つでも言ってやろうと思ってたのに、それを察して逃げたな。

俺は一呼吸置いて気持ちを切り替え、隣に残っている清里《きよさと》さんに声をかけた。

「……清里さんは？　これから部活？」

「あ、私は今日休むって言ってあるんだ。このまま帰り」

後ろでまとめた髪を解《ほど》きながらそんな答えが返ってきた。

よし、やっぱりか。制服のままの時点で察してはいたが、これで確定だ。

元々うちのテニス部はそこまで厳しくないから、清里さんが直帰する可能性は十分にあった。この前仕入れたばかりの「部活は趣味みたいなもの」という情報もあったし、予想がバッチリ当たったな。やはり信頼すべきはデータである。

そして、こうなることを予測していた以上、清里さんとの帰りのイベントプランもしっかり用意してきている。今度こそ、予定通りに成功させなくては。

それじゃいつものように、俺から誘いの声をかけて——。

「長坂《ながさか》くんも、今日はもうおしまい？」

……と、思ったところで言葉を挟まれた。

「あ、うん……今日はこれで最後」

うむ、プチ予想外に出鼻を挫《くじ》かれたが、まぁこの程度は許容範囲内。

さて、このまま「じゃあまた明日！」されてしまう前に、帰宅イベントを——。

「お、ならちょうどいいね！　一緒に帰ろ？」

――え？

「……ごめん、今なんて？」

「一緒に帰ろって。もう予定、ないんだよね？」

……。

………………。

おっ、おお!?

ま、まさか……清里《きよさと》さんの方からお誘い!?

俺はあまりの衝撃に体を強張《こわば》らせる。

過去何度か帰宅に乗じたイベントを起こしてはいるが、どれも俺が偶然を装って作り出したものばかりだ。当然、こうして彼女の方から誘われたことは一度もない。

嘘《うそ》じゃ……ないよな？

あれだ、『キ○チでもいい？』的な聞き間違いとかじゃないよな？

「おーい、長坂《ながさか》くん？　帰るならちゃっちゃと準備しちゃおうよ」

や、やっぱり嘘じゃない！　難聴スキルは発動してないぞ！

つまりは大チャンス！　この機会を、絶対に逃すわけにはいかない！

「ご、ごめんごめん。それじゃ、教室で荷物取ったら帰ろっか」

「うん！　……あ、ついでにちょっと寄り道していかない？　まだ時間ある？」

おおおおっ⁉

メインヒロインに寄り道を提案されるとはこれなんてラブコメ？　ラブコメだよね？　ラブコメに違いねぇ！

俺は心中に迸《ほとばし》るパッションが暴走しないように全力で抑えつつ、しかしじんわりと溢《あふ》れ出すのを止められずに、つい芝居がかった口調で返答する。

「大丈夫、どこにでも付き合いますよ、お姫様」

「あはは、またそういう大げさな物言いするんだから！」

——やばい、ニヤけるのが止められない。

俺は極力清里さんに顔を見られないよう気を配りつつ、スキップしそうになる足取りを必死に抑えながら教室へ向かった。

◆

荷物を取ってきた俺たちは正門を出て、バス通りを曲がる。

少し前を歩いていた清里《きよさと》さんは、いつものバス停をそのまま素通りした。やっぱり本当の本当に寄り道するつもりらしい。

途中で世界《げんじつ》からの妨害が一つや二つあるんじゃないかとビクビクしていたのだが、驚くほど何もなかった。ついでに清里さんに「嘘《うそ》に決まってるじゃん、キモいわーこの大馬鹿野郎」とか言われて拒否られる心の準備もしておいたが、それも無駄だったようである。うん、テンションヨン上がりすぎてちょっと変なノリになってるな、俺。

「それで、どこに寄るつもり？」

いつも以上に平静を意識しつつ、ずんずん進んでいく清里さんに尋ねる。

「んー……はっきりとどこ、って決めてるわけじゃないんだよねぇ」

言ってから立ち止まり、悩ましげな様子で人差し指を頬《ほお》に当てた。

……なんですと？

「どこか店にでも寄るつもりだったんじゃ？」

「えーとね、特別行きたいとこがあるわけじゃなくて……ちょっと、帰るにはまだ早いかなーって」

スマホで時計を見ながら呟《つぶや》く清里さん。

ほほぉ……？

「じゃあ時間潰《つぶ》しが目的、と。そういうことかな？」

「まぁ、そうとも言えるかな？　声出しして疲れちゃったし……どこか静かなとこでちょろっと休めればな、って」

ふむふむ、なるほどなるほど。

俺はくつくつ、と忍び笑いを漏らした。

「……ちょっと待ってね、今よさそうなとこ確認するから」

「おぉ？　心当たりがあるのかな？」

えぇえぇ、それはもちろん。大量に取り揃《そろ》えておりますよ。

こんなこともあろうかとみっちり準備しておいた、我が第2のラブコメデータベース――今こそ開陳の時である！

――人気のない公園、芝生の河川敷、ロマンチックな雰囲気の展望台。

そんな青春ラブコメで度々登場する、青春感溢《あふ》れる場所――〝青春スポット〟。

どこにでもありふれた場所と描写されがちなそれらのスポットは、しかし実際には数多《あまた》の不確定要素を孕《はら》んでいる。

ヒロインと深イイ話をするため、ふと近くの公園に入ったら――ご近所の悪ガキどもに「カップルだちゅーしろよ」とからかわれました。河川敷で寝そべって、友達と夜空を眺めていたら――パトロール中の駐在さんに補導されそうになりました。展望台で夜景を見ながらいざ告白と勇み足で向かったら――営業時間外で閉鎖されてました。

そんな気まずいことこの上ないトラブルがゴロゴロと転がっているこの現実で、狙《ねら》い通りの効果を発揮できる青春スポットに偶然訪れるのは至難の業だ。

――ならば、どうするか。

もはやお察しの通り。予《あらかじ》め目的に応じた場所をリストアップしておけばよいのである。

いついかなる時でも、ニーズに合わせた最適な青春スポットを――そんな想いを叶《かな》えるべく作り上げたラブコメデータベース。

暇さえあれば地図を眺め、ストビューで街を練り歩き、それだけでは満足できず足とチャリとを酷使して集めに集めた、量だけで言えば友達ノートを凌駕《りょうが》する、我が第2の武器。

その名を――〝スポットノート〟と言う。


……なんて必殺技の解説のごとくかっこつけて語ってみたり。やっぱテンションおかしくなってるなぁ、俺。

さっ、何はともあれデータベース起動だ！

俺は地図アプリを起動するふりをして、スマホに設定してあるスポットノート用のショートカットをタップした。

「ちなみに何か希望はある？　お茶できるとこがいいとか、公園みたいな場所がいいとか」

「んー……どっちかって言うと、静かな公園……かな。声出しして疲れちゃったし、今月お小遣いがピンチであんまりお金使いたくないから」

「了解」

——検索条件入力
カテゴリ　「公園・広場」
検索キーワード　「静か、名所、まったり」
人通り　「皆無」～「極少数」
所要時間　「学校」より「徒歩」「20分」「圏内」
——検索結果、５件該当

さて、これを〝青春ポイント〟の高い順に並び替えて、と……。

おぉ、評価４・２のあそこがあるか。そうだな、季節補正もあるからパーフェクトだ。

「それじゃ、行こうか」

「お、早い。どこ行くの？」

「ちょっと異世界感のあるところ……かな？」

そう言って、俺は清里《きよさと》さんの前に歩み出た。

――さぁ、俺のスポットノートが伊達ではないことを証明してさしあげよう。

◆

高校沿いの道を南西方向に向かって歩くこと約10分。

「こっちの方って来たことなかったけど、奥は普通の住宅街なんだねー」

清里《きよさと》さんがきょろきょろと物珍しそうに周囲を眺めながら言った。

「峡西《きょうにし》の東側はバイパス道路ができた時に再開発で綺麗《きれい》になったけど、こっち側は昔のままだからね。結構古い家もあるし」

俺たちが今歩いている道沿いは、畑や古びたアパートなどの立ち並ぶ昔ながらの町並みだ。

昔ながら、とはいっても、古都というほどの風情《ふぜい》はなく、昭和っぽい無機質な建物ばかりで面白みのない町並みである。

大通り沿いに比べれば緑がある分マシとも言えるが、少なくとも歩くだけで絵になるような場所ではない。

「長坂《ながさか》くん、この辺りの人じゃないのに色々詳しいんだね？　ほんと博識だなぁ」

清里さんが感心した風に言った。

自分の趣味を認められた気がして、俺は気分よく答える。

「昔から、気になったことはつい調べちゃう性質《たち》なんだ。色々見えてくるのが楽しくってね」

俺の調査趣味は小学生の頃まで遡《さかのぼ》るが、夏休みの自由研究のために、地域の歴史やら地理やらを調べまくっていた時期があった。

今の地図と古地図を見比べてみたり、旧地名からその土地の成り立ちを読み解いたりするのが存外楽しくて、毎日のように地域の図書館に入り浸《びた》っていたものだ。

ちなみに、その時の自由研究は県から表彰を受けてたり。俺が誇れる数少ない実績らしい実績である。

「ふーん？　長坂くんって、結構熱意でグイグイ動いちゃうタイプ？」

「む……ご想像にお任せします」

んー、素のノリはウケ悪いかと思ってたけど、登場人物の面々にはそっちのが良さそうだよな……ちょいイケ男子キャラは徐々に卒業かなぁ。

その辺りは後々考えるとして、俺は話を区切るように声をかけた。

「さ、もうすぐ着くよ」

緑の木々が立ち並ぶ遊歩道の向こう側に、バイパス道路を抜ける跨道橋《こどうきょう》のトンネルが見えた。

目的地はその先だ。

「中、暗いから気をつけて」

二人してトンネルに足を踏み入れる。

距離が短いからか、中には電灯がない。昼間なら別に気にならないのだが、この時間帯だと足元が心配になる程度には暗かった。

「お、っと、ホントだね。ちゃんと下見て歩いた方がいいかも」

清里《きよさと》さんは一瞬躓《つまず》きそうになったらしく、地面に目を落としておっかなびっくり進んでいる。

しかし、下を向いていてくれるのはナイスだ。そうすればトンネルを抜けた後……いや、みなまで言うまい。


――二人して無言になり、しずしずとトンネルを歩く。

僅《わず》か数分間の沈黙を経て、トンネルの出口が近づいてくる。

そして、その先は――。


「うわ……！」

――小川沿いに立ち並ぶ、満開の桜並木だ。

「嘘《うそ》、桜……？　どうして、もう4月も終わりなのに……？」

突然、視界いっぱいに広がった桜の異世界を前に、ぽかん、と口を開ける清里さん。

その期待通りの反応に、俺は思わず、してやったり、という気分になる。

「染井吉野はね。あれは一葉《いちよう》……ここのはいわゆる八重桜だよ」

桜並木というと、大抵は染井吉野だ。実際、トンネルに入る前の並木はそれである。

八重桜は染井吉野よりも遅咲きで、例年このくらいの時期に満開になる。花がぼんぼり状にまとまって咲いていて、葉が同時につくのが特徴だ。

「こんなところ、学校の近くにあったんだ……。どうやって見つけたの？」

「ん、地図で見て並木道だってことは知ってたけど、桜だって知ったのは偶然かな」

これはあながち嘘ではない。ここの存在は入学前からチェックしていたが、航空写真を見てもストビューを見ても緑の木が並んでいただけで、何の並木なのかはわからなかった。

現地調査に来た時は花一つなく、一度はスルーした場所だったのだが……改めて通りがかった時に花をつけている様子を目撃し、晴れて青春スポットとしてリストアップしたのだ。

「でも、こんなに綺麗《きれい》ならもっと人がいてもいいのに、誰もいないんだね」

「微妙に立地が悪いんだよ。近くに車を止められるようなところもないし、お花見ができるほど広いスペースもない。ライトアップだってされないしね」

電灯はぽつぽつと置かれたベンチの近くにしかなく、全景を照らすには心許ない。

ついでに、本来なら遊歩道として通り抜けができるのだが、今は終端部分が道路工事で行き止まり。他に何カ所かある入り口も『この先工事中』の立て看板が置かれていて、滅多なことでは人の通りかからない穴場スポットになっていた。

「広い道路からもちょっとしか離れてないのにね。なのに、こんなに違うんだ」

清里《きよさと》さんはぼんやりとした様子のまま、一歩一歩踏みしめるように桜並木の前を進んでいく。

「車の音も聞こえないしね。川のせせらぎがよく聞こえるでしょ？」

「うん。……本当に、異世界みたいな場所だね」

そう言って、風になびく髪を押さえながら、咲き誇る桜を仰ぎ見て眩《まぶ》しそうに目を細める。

俺はその姿を見て、ハッと気づく。


——満開の桜並木。

ほのかに夜闇《よるやみ》の覗《のぞ》き始めた夕暮れの空、降り注ぐ茜《あかね》色の光。

やわらかな春の風に揺れる黒髪が、その光を受けてきらきらと輝いて。

僅《わず》かに潤んだ瞳と、色っぽさを感じさせる涙ぼくろが、その美貌《びぼう》を際立たせる。

それは漫画やラノベで見る、ヒロインの姿そのもので。

今のこのシチュエーションを切り取ったら、間違いなく、本当に。

ラブコメのワンシーンだと、確信を持って言える——そんな光景だった。

じんわりと心が熱くなる。

俺は桜を見るフリをして、顔を上げた。

俺が求めていたもの、俺が実現したかったもの。

ここまで必死に頑張ってきた成果が……少しだけ手に入った気がしたのだ。


「……ねぇ、長坂《ながさか》くん」

時が止まったかのような、この異世界《げんじつ》で。

上目遣いにこちらを見上げた〝メインヒロイン〟が、右耳に髪をかけながら、ゆっくりと言葉を紡《つむ》ぐ。


「──私に何か、言いたいこと、ない？」


さぁっ、と。

まだ肌寒い、春の夕風が、二人の間を吹き抜けた。

◆

——その質問は、想定外だった。

「い、いっ、言いたいこと？」

まずい、どもった。

せっかくの異世界《げんじつ》が、いつもの世界《げんじつ》に戻ってしまう。

「うん。何か言いたいこと、ない？」

俺が、清里《きよさと》さんに、言いたいこと？

「……えっと」

何だ、何を求められているんだ？

あれか、桜よりも君の方が綺麗《きれい》だよ、とか、そういう褒め言葉か？

いやそんな話の文脈じゃないな……。えーとえーと、じゃあ何だ？　俺が清里さんに言うべきこと、桜の木の下で、こんなムードのある場所で言うべきことなんて——。

え、あ、まさか？

「…………………ええっと」

ちょ、ちょっと待った。

それはダメ、ダメだ。

いや確かに、確かにだ。この前やろうとしたけど、アレは失敗が前提のイベントなのであって、ガチなそういうアレじゃなくって。

そもそも、あの時は俺が手紙を入れ間違えてて、清里さんはイベントに欠片《かけら》も関わることなく終わったじゃないか。

今、こんな雰囲気で、しかも向こうから求められて？　アレをやったら？　どうなるの？

……どうなるの!?

「長坂《ながさか》くん？」

「ちょ、タンマ、ちょっとだけ」

やばい、やばい。

心臓がバクンバクン跳ねている。なんだか、喉元まで心臓になったかのように苦しい。

もしかして、元々そのつもりで？　だから人気《ひとけ》のないところ？

嘘《うそ》だろ、そんなわけあるか！　どこにそんな伏線があったって？　なかったよね？　過去の因縁とか、そういう都合のいい展開なんてないって話だよね？　それとも本編で描かれてないだけで裏で色々あったとか？　ガールズサイドとかそういうので補完される系？

——落ち着け、落ち着くんだ、長坂耕平《こうへい》。冷静に、冷静に考えろ。

いやいやいや、でもいかんせん急すぎるだろ。確かに好感度を上げる努力はしてきたが、こんな簡単にクライマックスに達するか？　まさか、この寄り道イベントだけで好感度振り切れちゃった？　実はチョロインだったたってこと？　そんなのが俺の現実であり得るの？

――ダメだ、思考が、まとまらない。

世界がぐるぐる回る。

どうするのが正解なのか、何がいいのかさっぱりわからない。

「長坂《ながさか》くん」

「は、はい！」

そんな俺にしびれを切らしたのか、先ほどよりも強い口調で清里《きよさと》さんが俺を呼ぶ。

ダメ、ちょっと待って、まだ心の準備が！

あれがこれでそれな感じだから、ああもうどうしたら――。

「本当に、何も言いたいことない？　……彩乃のこと、とかも？」


――え？


「何で、上野原《うえのはら》……？」

予想外がオーバーフローして、思考をそのまま口に出してしまう。

清里さんは訝《いぶか》しげに眉根《まゆね》を寄せてから目を伏せて、小さく息を吐く。

「……ううん、ごめん。ならいいや」

と、今度はあっさりと話を打ち切って、すくっと立ち上がった。

状況に全く追いつけない俺をよそに、清里さんはさらさらの黒髪を舞わせながら、優しげな顔で笑う。

「こんないいところに案内してくれて、ありがとね」

そして内緒話をする時のように、口元に指を置いた。

「ここは秘密の場所にしておこうか。せっかくこんなに静かなところなんだし」

そして続けざま、どこか寂しげな雰囲気を纏《まと》わせて苦笑する。

「でも……私には、ちょっとドラマティックすぎるかなぁ。こういうところに来ると、勘違いしちゃいそうになるからね」

「え、と……」

完全に思考が停止してしまった俺は、清里さんの言葉が何一つ理解できない。

「さ、そろそろ帰ろっか」

そう言って、今度はいつもの顔でにこりと笑い、くるりとその身を翻《ひるがえ》す。そのまま俺の横を通り抜け、来た道を戻り始めた。

「あ、清里さん……」

彼女はスタスタと桜並木から遠ざかっていく。

俺がその背に追いすがるように手を伸ばすと、清里さんは顔だけ振り向いて言った。

「早くおいでー。そうしないと、真っ暗になっちゃうぞ?」

そう元気に笑う顔は——。

やっぱり、いつものメインヒロインのものにしか、見えなかった。

◆

『——なるほど、ね』

枕元に置いたスマホから、上野原《うえのはら》の声が響く。

帰宅後の電話会議。俺はベッドに顔から突っ伏しながら、本日の顛末《てんまつ》を語り終えた。

——清里《きよさと》さんとは、あれからすぐに別れた。

彼女は帰りのバスに乗るどころか、バイパス道路に出るなり全然別の方向へと去っていった。

去り際に「用事を思い出した」と言っていたが、もはやそれが本当なのか嘘《うそ》なのかすら俺には判別ができない。

……とりあえず、一つ言えることは。

「女心って複雑すぎね……?」

どれだけ情報《データ》を積み重ねたとしても、容易に推《お》し量れるようなモノじゃない、ってことだ。

『まぁ……そう簡単に理解できれば誰も苦労しないでしょ』

そう電話口で答える上野原もどこか思案げな口調だった。

「何度考えても意図が読めない。そもそも、何で急に寄り道の誘いを？　単なる気まぐれ？

それとも他に何か理由があったのか……？」

清里《ヒロイン》さんからの誘いが予想外で、つい我を忘れて舞い上がってしまったが……予想を超えたケースを手放しで喜ぶのは危険だ。ないと思いたいが、単に意味深な振る舞いをしてからかっていただけ、という可能性もあるのだから。

「ああもうっ、なんか上野原のことを気にしてたっぽい、ってことしかわからねーよ、もう」

俺はぐりぐりと枕に顔を擦《こす》りつける。

あの場で上野原の名前を出した以上、それは間違いないだろう。だが、いったい上野原の何を気にしていて、俺に何を言わせようとしたのか。その辺もさっぱりである。

実は清里さんは密かに俺のことを好いていて、突然現れた仲良さげな上野原《ともだち》に危機感を覚え、荒療治に出た——なんてテンプレ解釈が思い浮かんだりしたものの、即座に却下した。

この現実で、そんな都合のいいラブコメ展開が起こるわけがない。

俺の現実は、そう甘くないのだ。

「……へこむなぁ」

枕に顔をうずめ、もごもごと呟《つぶや》く。

よくよく考えるまでもなく……俺はまだ、何も成せていない。ここまで順調に進んできているとはいえ、計画はまだ始まったばかりなんだ。

それに、一見それらしいイベントが起こった時ほど気をつけなきゃいけないこと。それを俺は、嫌というほど知っているはずなのに……ぬか喜びしてしまった自分が本当に情けない。

『珍しい。いつもは無駄に自信満々なのに、やけにへこんでない？』

上野原《うえのはら》が怪訝《けげん》な様子で言った。

「……俺はヘタレ主人公が一番適性高いんだよ。どうだ恐れ入ったか」

『いや、そこを自信満々に言ったら逆効果だと思うんだけど』

「どうせ俺はイレギュラーですぐ失敗する大馬鹿野郎だよ。ほら笑えよ、上野原」

『うわ、めんどくさい絡み……』

面倒そうな様子の上野原の声を聞いて、ふと昼間のことを思い出し、衝動的に口を開いた。

「なぁ、上野原、お前さ……俺の計画《プロジェクト》、なんで手伝ってくれるんだ？」

『は？　また急に何？』

……と、つい聞いてしまったものの、ネガティブな答えが返ってきたらやだなと思って、もにょもにょと予防線を張る。

「いや……だって、もともと俺が無理やり巻き込んだ感じだだし、実は嫌々付き合ってるだけとか言われたら辛いし……」

『……マジでへこみすぎでしょ。調子狂うな、もう』

上野原は呆《あき》れたようにため息をついてから、いつもの淡々とした調子で答える。

『別に、深い理由なんてないって。一応やるって言った以上、何もせず放置ってのも性に合わないからやってるだけ』

「嫌じゃないか？　無理もしてないか？」

『ああもう、ウザいな』

上野原は再び息を吐いてから、ぽつりと小さな声で呟いた。

『……心底嫌ならとっくにやめてるでしょ、普通。さして手間だとも思ってないし、とにかく気にしすぎ』

さして手間はかかってない、か。

……ほんと羨《うらや》ましいな。

「俺もお前くらいハイスペックだったら、ラブコメし放題なんだけどな……」

『……ハイスペックな長坂《ながさか》じゃ、ラブコメしようなんて思わないんじゃない？　てか馬鹿じゃない長坂とか、もはや誰って感じだし』

上野原は、一瞬だけ言葉に詰まる様子を見せた後、いつものように淡々と俺をディスった。

『で、これからどうするか、考えなくていいの？　それとも……もうこの辺りで諦める？』

──途中で諦める。

それは……それだけは、ありえない。

上野原《うえのはら》の挑発的な言葉が、俺の心に火を灯《とも》す。

……そうだ。

俺は、こんなところで立ち止まってる場合じゃない。

いつまでもウジウジしてたって意味がないと、俺は学んだはずじゃないか。

バシン、と頬《ほお》を叩《たた》いて気合いを入れ、俺はベッドから起き上がった。

「まさか。俺は主人公だぞ。主人公が勝てないのは打ち切りだけだと思え」

『はいはい』

ふぅ、と上野原は小さく息を吐き、いつも通りの声色で続ける。

『で、どうする？』

「わからないことを延々と考えてても仕方ない。今回の件の考察はいったん保留にする。現状、大きな問題が起こってるわけじゃないし、彼女に対する調査を増やしつつ計画を推《お》し進めていこう」

『ん、妥当なとこじゃない？』

「あ、そういや日野春《ひのはる》先輩に関する調査ってどんな感じだ？　ほら、この前頼んどいた、クラスでの行動やら生徒会活動に対する意識とかの調査」

『それなら、今日知り合いの先輩に聞いてみた。もう友達ノートに情報上げてる』

「おお、さすが。仕事が早いな。ちょい待て、今チェックするから——」

何にせよ……俺は俺にできることを、最大限やり切るしかない。

後になって、もっとちゃんと調査しておけばよかった、なんて思っても遅いんだから。

◆

「——では、応援練習はこれまで！　解散！」

応援団長のその言葉で、白虎《びゃっこ》会館の空気が一気に弛緩《しかん》した。

1年生全員が詰め込まれた室内は、熱気でむわっとしていて暑苦しい。

俺はジャージの襟《えり》で汗を拭《ぬぐ》う。暑さによるものが半分で、もう半分は冷や汗だ。

「やー、終わった終わった」

隣でふー、と息を吐く清里《きよさと》さん。汗で頬にまとわりついた髪の毛がなんとも色っぽい。

——結局、清里さんにあれから変わった様子はない。

既存の情報を洗い直し、彼女に対する調査も増やしているが、あの時のことを説明できるデータは得られていなかった。

「んんー、ずっと肩上げっぱだったから腕が重いー」

……と、視界の端で清里《きよさと》さんがぐっ、と背を伸ばした。合わせて、体のラインをなぞるように張りついた服の胸元がぱいんと綺麗《きれい》な半円を描く。

バレないようにチラチラと流し目を送りながら、ああ、これがラノベの挿絵《さしえ》だったら凝視できるのになぁ……と心中で血涙を流すチキンな俺であった。

「あー、いい汗かいた。部活もこのくらいならいいのになー」

こちらはけろっとした様子の常葉《ときわ》。

まぁ、バスケ部の練習に比べたら楽々だろうな。肉体的にも精神的にも。

「しかし、団長の正装は袴《はかま》か。学ランじゃねーとこが元女子校って感じだな」

こちらもいつも通り涼しい顔の鳥沢《とりさわ》。運動部ほどではないにせよ、バンドも体力勝負ということなのだろう。てか、服の裾《すそ》で汗拭《ぬぐ》うのやめなさいよ、細マッチョなバディが女子にチラチラ盗み見されてますよ、このイケメンめが。

「かっこいいよねー！　女子が応援団長っていうのにも驚いたけど、あれも伝統なんでしょ？」

「らしいな。男の方が少ねー応援団なんて峡西《ここ》くらいだろ」

「てか、団長の先輩カッコ可愛《かわい》いよなー。お近づきになりたい……けどちょっと怖いかなー」

先ほどまでのぴりっと張り詰めた雰囲気とは打って変わって、周囲はわいわいと賑《にぎ》やかだ。応援練習は前評判通り、ガチガチの体育会系ノリだった。いくら様式美だからといって、こういう場に耐性のない人にはきついだろう。

俺だってなんだかんだ、列の先頭でやらされたのは結構キツかった。団長目の前だし、応援委員の先輩めっちゃ声でかいし、音痴《おんち》設定のせいであえて失敗しなきゃだし。ホント、眼前でガン飛ばされて怒鳴られるのはヘタレ的にキツイんで勘弁してください。

まぁ何はともあれ――応援練習はこれで終わりだ。

正式な〝打ち上げイベント〟は連休明け、壮行会が終わった後にセッティング済みだが、だからといって今日この後のフリータイムを逃す手はない。

みんなの予定がないことは事前に確認済みだし、温めておいた〝集団寄り道イベント〟を提案しようじゃないか。

そう思ってみんなの方へと向き直ると、ふと視界の端で勝沼《かつぬま》あゆみがこちらの様子を窺《うかが》っている姿が映った。

ぬ、まずいな。いつもみたく邪魔されちゃ面倒だ。

人混みで奴の進路が遮断されてるうちに、さっさと声をかけてしまおう。

「あ、みんな、この後予定は――」

「おっつー」

「あるるエー!?」

突然の上野原《うえのはら》の出現に俺は奇声を上げた。

「それどんな生物の鳴き声？　ウケる」

ウケぬわ！　くそ、当初の予定じゃもっと後に合流する予定だったろうに！　そんなに俺をキョドらせて楽しいか！

「……あっ、彩乃《あやの》、おつー！」

「おおっ、彩乃ちゃん、お疲れ！」

「みんなもお疲れさまー。もう帰り？　それともどこか寄ってくつもり？」

上野原はひらひらと胸の前で手を振りながら、俺に目線をよこす。

……ああもう、イベント開始の手助けをしてくれるつもりね。事前に言っとけってのホント。

「えー、みんな、この後暇ならちょっと寄り道してかない？　いい感じの店見つけたんだ」

「あ、なら私スイーツ食べたい。ごちそうさま」

すかさず上野原の援護射撃が入る。

そのフォロー自体はパーフェクトだが、ちょっと待て。

「おいそこの奴、なんで奢《おご》られる気になってる?」

「え、だって長坂《ながさか》が全員分払うつもりなんでしょ？　クジ当てて申し訳ありません代として」

「ぐ、ぬぬ……！」

「罰金はちゃんと払わなきゃ」

ああくそ、うまいことみんなの心理的ハードルを下げる理屈につなげやがって！　清里《きよさと》さんの罰金発言まで〝伏線〟として利用しやがるとは、いいぞ、もっとやれ！　あれ、それでも俺がお前に奢《おご》る理由はなくない？

あとで請求してやるからな……という俺の恨み言はさておき、元々どこかでクジのお詫びをしたいと思ってたのは事実だし、今月の予算を超過する分は特別費《ちょきん》を使えばよかろう。

俺は共犯者の働きを有効に活かすべく早々に結論を求めることにした。

「……って、なんかしょーもない感じに言われちゃったけど、事実みんなには負担かけちゃったしね。デザートぐらいなら奢るから、どうかな？」

そう言って、３人をぐるりと見回す。

さて、了承を得たら着替える前に予約の電話でも入れとくかな。

と、俺がイベントの開始を確信していたところで――。

「あー、っと……ごめんね、長坂《ながさか》くん。ちょっとこの後、先約が入ってるの」

そう答えてから、清里さんは詫びるように胸の前で手を合わせた。

「……え、先約？」

「ちょっとね。別のグループの子と遊びに行く予定になってて。私はそっちに合流するね」

ちょ、待った。

別のグループ……だって？

そんなの、俺は何も知らないぞ!?

「あ、打ち上げの方はちゃんと予定空けてるから！　またその時にね！」

そうにこりと笑ってから言って、清里さんはくるりと出口の方へと向き直す。

「それじゃ、今日はお疲れさま！　またねー！」

そして大きく手を振りながら、後ろ髪を揺らして去っていった。

俺は呆然《ぼうぜん》と、清里さんの消えていった方向を眺める。

「あー、委員長」

今度は横から、どこか気まずそうな常葉《ときわ》の声が届いた。

「ごめん、ちょっと俺も別の予定が入っちゃってさ……また誘ってくれなー」

「え、あ、嘘《うそ》？」

ま、マジかよ、常葉まで!?

「それじゃー！　彩乃《あやの》ちゃんも、またねー！」

そのまま、常葉は清里さんの後を追うようにしてそそくさと白虎《びやっこ》会館を出て行った。

「え、と……まさか、鳥沢《とりさわ》も？」

ほぼ思考停止状態ながら、かろうじてそう尋ねた。

鳥沢《とりさわ》はつまらなそうな顔で、肩を竦《すく》めてから口を開く。

「俺は別に。……だがまぁ、この感じ、今日は解散だな」

「え、まっ」

「じゃあな」

鳥沢は片手を上げ、振り返ることなくその場を後にした。

ザワザワという喧騒《けんそう》の中、その場には俺と上野原《うえのはら》だけが残される。

「……どういうつもり……？」

口元に手を置いて思案げに呟《つぶや》く上野原の声も、イレギュラーで飽和した俺には届かなかった。

◆

「……またしても予想外の事態だ」

人のまばらなM会議室。

いつもの最奥の席で、俺は半ば放心状態のまま、〝友達ノート〟を表示させたタブレットをぼんやりと眺める。

清里《きよさと》さんの動きも、常葉《ときわ》の動きも。明らかに俺が集めてきた情報にはない、イレギュラーなものだ。

「突然入った予定だっていうならわからなくはない……でも二人同時にそんなことありえるか……？　いや、そもそも、他のグループっていうのはどういうことだ……？」

清里さんは特定のグループに属しておらず、固定でつるんでいる相手もいない、というのがこれまでの分析結果《じょうしき》だった。だからこそ俺は、クジの偽装によって半ば強制的に接点が持てるグループを作り上げたんだ。

まさかここに来て、急に仲良しグループができたっていうのか？　なんの兆候もなく？

「いや、そんな動きがあれば流石《さすが》にわかるはず……そうでなくとも調査量を増やしてたってのに、なんで掴めなかった……？」

まさか……俺の調査に、不備があったのか？

「あぁくそ、わからん！」

苛立《いらだ》たしげにタブレットをテーブルに放り投げる。

その様子を見て、上野原が「はぁ」と息を吐いた。

「落ち着きなってば。メッセージアプリで直接やり取りしてたのかもしんないじゃん。流石にそれを知る方法はないでしょ？」

「それは、そうだが……」

だとしても、清里さんの動き自体が予測を外れたものであることに変わりはない。結局、桜並木《あのとき》と同じで、俺が集めてきた情報《データ》では全く説明ができないのだ。

俺はぐっと拳を握りしめる。手のひらが知らぬ間に汗ばんでいて気持ち悪かった。

「全く、そうやってすぐパニくるんだから。冷静に考えなよ、冷静に」

「ほっとけ」

常と変わらぬ口調の上野原《うえのはら》に、俺はぶっきらぼうに返した。

その反応を受けて、何やら上野原が訝《いぶか》しげな顔で小首を傾《かし》げる。

「……なんだよ?」

「……ううん、別に。それで、どの道このままにしとくつもりはないんでしょ?」

結局上野原は何も言わず、いつもの口調でそう続きを促してきた。

……そう、そうだな。

とにかく、俺は俺にできることをやるべきだ。

「今回は、相手がいることだ。もしかしたら周辺から何かが探れるかもしれない。まずはどのグループと接触したか、そっちから調べてみよう」

「具体的な方法は?」

「実地調査……は、連休だからしばらく無理か。机上調査をメインにするしかないな……」

誰かしらSNS上で接触を仄《ほの》めかす発言をしたり、写真を上げたりする可能性は十分ある。

ただ誰が対象者かわからない以上、可能性のあるアカウント全部を追いかける必要がある。

となるとかなり重い作業になりそうだが……泣き言は言っていられない。

可能性がある以上、やれることはやるべきだ。

「他にも、事前に接触があったことを念頭に入れれば、過去データから何かが見える可能性もある……そっちも念のため確認が必要で……となると連休中のスポットノートの調査をリスケして……」

俺がぶつぶつと呟《つぶや》いていると、上野原がそこに割り込んできた。

「それで私は？」

「ん、ああ……」

そういえば、まだ机上調査のやり方については教えてなかった。

でも実地調査以上に細々《こまごま》した作業の繰り返しだし、ものによってはデータ処理の専門知識が必要になったりするからな……一から教えるとなると、それだけで連休が終わるかも知れない。

「いや、それは俺の方でやる。ＧＷはオフを満喫してくれ」

「あ、そ」

まぁ、それでも上野原のことだから、やってやれないことはないのかも知れない。

ただ連休だし、この前みたく他の友達との予定もあるかもしれないからな。計画《うち》の労働環境はホワイトだから、休暇はきちんと取ってもらわねば。

うん……方針を定めたら、少し気持ちが落ち着いてきたぞ。

そうと決まれば早速行動だ。

「よし、今日はこれで解散にしよう。進捗《しんちょく》があったらまた伝える」

「ん……了解」

そう言って、俺はタブレットを鞄にしまい込んで席を立つ。

「ねえ、長坂《ながさか》」

そのままトレーを片付けようと歩き始めたところで、後ろから上野原《うえのはら》が話しかけてきた。

「……ホントに大丈夫？」

珍しく嫌味のない気遣いの言葉が聞こえて、俺は振り向く。

上野原の顔は、相変わらずの無表情だが……きっと心配してくれたんだろう。

俺は笑って頷《うなず》いた。

「ああ。机上調査は俺の得意分野だ。大船に乗ったつもりで任せとけ」

「……そ」

上野原はそう短く返事を返すだけだった。

そのまま俺たちは〝M会議室〟を離れ、それぞれの連休に入る。

◆

それから俺は、毎日を机上調査に費やした。

自クラス、他クラス問わず、捕捉している雑談アカ、趣味アカ、裏アカ……そのすべてを対象としたデータの確認作業。その中で外出や遊びの予定を匂わせたものがあれば、該当人物の人間関係を踏まえてグループ行動かどうかを判別。その上でグループメンバーまで対象を広げ、何かしらの関連発言をしていないかチェック。念のため、4月の過去データも遡《さかのぼ》った。

加えて、写真系SNS、キャス配信なんかも同時に追いかけ、その他の情報と関連付けながらデータを整理していく。

そのまま時は流れて——GW最終日の夜。

俺は自室のパソコンの前でまぶたを擦《こす》りながら、まとめ終わったデータを流し見る。

「……確かに情報は得られた。が」

これは、いったいどういうことだ……？

何度見たところで内容は変わらない。ここにあるデータはすべて信憑性《しんぴょうせい》の高いもので、裏付けまできちんと取ったものだという事実も覆《くつがえ》らない。

俺がより混迷極まった状況に頭を抱えていると、机の上でスマホが震える。

さっき上野原に電話した時に留守だったから、そのコールバックだろう。

「……よう」

『ごめん、ご飯食べてた。どう、進捗は？』

久しぶりに聞く上野原《うえのはら》の声は、いつも通り淡々としたものだった。

俺は重々しい気持ちのままマウスを操作して、まとめたデータをアップする。

「今まとめたやつを上げた。先に目を通してもらえるか？」

『ん、了解……あ、ちょっと待ってて』

ことり、とスマホを置く音が響き、パタパタとスリッパで廊下を歩く音が遠ざかっていく。

『──彩乃《あやの》、電話するなら洗濯物出してからにしなさいよ。あなた最近、話長いんだから』

『だから今やってるじゃん、うるさいな』

『ねぇ、本当に彼氏じゃないの？』

『しつこいっての。いちいち否定するのもめんどいんだから、ほっといて』

『はいはい。あと母さん論文読むから静かにね』

途中、遠くでそんなやりとりが漏れ聞こえてきた。

……親御さんかな？　つか、なんかラブコメっぽい会話で羨《うらや》ましいな……。

がちゃんっ、と心なしか大きく響いたドアの音の後に、上野原がいつも以上に平坦な声で言った。

『で、友達ノート見ればいいの？』

「ん、ああ……新しくページ作ってあるから、そっち見てくれ」

しばし無言で、上野原が読み終わるのを待つ。

『……念のためだけど、これ全部マジ情報なんだよね？』

「ああ、残念ながらマジ情報だ」

『多すぎない？　まさか、こんなに出てくるなんて思わなかった』

「そうなんだよな……」

俺は「ハァー」とため息をついた。

何の情報も出てこないって事態は覚悟していたのだが……実際は逆で、方々で清里《きよさと》さんとの接触の情報が湧いてきたのだ。特に、この連休中に遊びに行ったという話がやたら多い。

「4組《うち》だけでも3グループ。部活仲間とか他クラスまで入れると、マジで毎日遊んでたんじゃないかって頻度だぞ」

しかも接触者の特性や、イベント内容に全く関連性がない。チャラ系のグループとカラオケに行った日もあれば、物静かな面々とお茶会みたいなものを開いてたりもする。関わった人物の〝ラブコメ適性〟もバラバラだ。

「もう手当たり次第ランダムに声をかけて回ってるようにしか見えない。ギリギリ見出せる傾向なんて、うちのクラスだけ他より接触者が多いってのと、男子の割合が少しだけ大きい、ってことぐらいだ」

だが、接触者にクラスメイトが多いのなんて当たり前といえば当たり前だし、男子の方が多いといっても平均すると10％程度の差でしかなく、誤差の範囲である。

『そう、かもね。ランダム……男女比……』

上野原《うえのはら》の反応も途切れ途切れで、そこから続く言葉はない。

俺はごつん、と机に額を押しつけた。

「遊びに行ったグループさえ特定できれば、あとはそこを深掘りしていけばいい、なんて思ったが……いかんせん調査対象が多すぎる……」

これだけ情報があっても、一番最初、応援練習の日に遊びに行ったグループがどのグループか、というところまでは絞り切れなかった。そもそも、GW中に遊びに行った連中の一つなのか、それとも他にも接触者がいるのか、という判別もできない状態だ。

一つ一つ個別に当たっていくとなると、必要な調査量はとんでもなく多くなる。

だが——。

「……だからといって、調査をやめるわけには、いかない」

諦めてたまるか。

まだ、できることがあるはずだ。

「学校が再開すれば、実地調査も併用できる。各グループに対する調査を入れながら、清里《きよさと》さんに働きかけ……いや、ほったらかしになってる常葉《ときわ》の方も考えなきゃだし、日課の調査だってある……何が起こるかわからない以上、SNSの監視も継続したい……くそ、やっぱリソースが……」

考えろ、考えろ……まだ何か、工夫できるはずだ。

節約できる時間があるはずだ。

何より、調査《できること》は最大限やり切らないと——。


俺はまた、失敗するかもしれない。


『——長坂《ながさか》、長坂ってば。聞いてる？』

「……あ、なんだ？」

その呼びかけで、ふと我に返る。

電話越しの上野原は、どこか困惑げな様子だった。

『あのさ。そもそも論だけど……これって、そんなにきっちり調べなきゃいけないこと？』

「……どういう、意味だ？」

『確かに、芽衣《めい》の動きは変に見えるし、急に色んなグループに接近した、ってのにも違和感はある。でもさ、そこを調べたところで真相に至れるかもわかんないし、他人の動向を完璧《かんぺき》に把握するなんて流石《さすが》に無理じゃん？』

「……」

正論、正論ではある。

だけどそれは、諦める理由にはならない。

きっと何か、やれることが、やり切れていないことがあるはずなんだ。

『調べてわかることなんて限界がある。だから調査ばかりじゃなくて、もっと直接的に――』

さりげなく言われたその言葉に、思わず頭にカッと血が上った。

「俺には調査《これ》しかできることなんてない！　何でも器用にこなせるお前と一緒にすんな」

思ったより語気が強かったせいか、上野原《うえのはら》が息を飲んで黙った。

その気配を感じて、ハッと冷静になる。

……何を、上野原に当たってるんだ、俺は。

「悪い……ちょい声デカかったな」

『……別に』

ふと、言葉が途切れる。

しばらく俺たちの間に無言の時間が続き、サーッという電子音だけが響いている。

『……ねえ。長坂《ながさか》』

かさり、と髪が擦《こす》れたような音の後で、上野原がぽつりと俺の名を呼ぶ。

そして逡巡《しゅんじゅん》するかのように一瞬黙ってから、静かに口を開いた。

『この前からさ。妙に落ち込んだり、苛ついたりしてるけど……昔、何かあったの？』

「……っ」

突然の追及に、心臓がきゅっと締めつけられた。

『ラブコメしたいっていうのは百歩譲っていいとして、単なる手段なはずの調査に対する拘《こだわ》りが異常だと思う』

「……」

『他にも……調査手法とか、データ分析の知識とか。明らかにちょっとカジった、ってレベルじゃないし』

上野原は探り探りな様子で言葉を重ねていく。

『少なくとも長坂が……言葉通りの中学生Aだったとしたら。きっとここまではできないし、やろうともしないはず』

「…………」

『何か、ここまで突き詰めるようになった理由がある……とかじゃないの？』

俺は何も答えられずに、黙り込んだ。

……上野原は、ここまでこんな俺に付き合って、手を貸してくれている。

だけど果たして、あの時のことをすべて語ったとして。

それでも上野原は……変わらずに、接してくれるだろうか？

「……いや。単純に、俺にできることはそれしかなかった。そこに特化するしか方法はないから頑張った。それだけだ」

『……そか』

上野原《うえのはら》は無感情な相槌《あいづち》をぽつりと返してくる。

今、あいつが何を思っているのか。俺にはわからなかった。

『ま……別に昔のことなんてどうでもいっか。てか、長坂《ながさか》が過去語り始めたりしたらエグいクサさになりそうだし。夜中にそんなの聞かされたらキツすぎる』

そしてすぐにあっけらかんとした口調で、いつものディスに戻った上野原。これ以上、この話を続けるつもりはないらしい。

知らず強張《こわば》っていた体から力が抜けて、代わりに心がずしりと重くなるのを感じた。

「……ラブコメ的にだな。過去語りパートってのは、物語を盛り上げる上で超重要なんだよ。そんなイベントをドラマティックに表現しなくてどうする？」

『はいはい。まぁ、調査してしすぎってことはないでしょ。明日から私が実地調査の方をやっとくから、長坂は机上調査メインで動きなよ』

……え？

「手伝ってくれるのか……？」

『え、今更？　これまで色々と押しつけてきたくせに』

ナチュラルに手伝ってくれようとする上野原に、後ろめたい気持ちがふつふつと湧き上がる。

「いや……これ以上、お前に負担をかけるわけには」

『あのね、長坂が全部やるとか物理的に不可能でしょ。どうせやるなら最初から分担して動いた方が合理的だし、無駄がないじゃん。違う？』

いつもの悪態越しに上野原の気遣いを感じて、俺は歯を食いしばった。

「……ひとまず、日課の巡回調査だけでいい。それでも十分時間が捻出《ねんしゅつ》できる。頼めるか？」

『ん、了解』

「すまん……恩に着る」

『あー、いい加減そのマジな感じ、似合わないからやめて。一周回って逆にキモい』

「……はん、これだから素人は！　ギャップ萌《も》えって言葉を学んで出直してこい！」

無理やりにいつものノリに戻してから、自らの頬《ほお》を叩《たた》いて気を引き締めた。


——そう。


俺のこの、中途半端な態度のせいで。

上野原に、余計な現実を、突きつけることになってしまったのだ。

舞台裏

馬鹿には見えない伏線

Who decided that I can't do romantic comedy in reality?

「――うん、そかそか。ごめんねー、急に声かけて」

だいぶ日が落ちて暗くなってきた渡り廊下で、私は小さく手を振りながら笑った。

「あー、いいっていいって。てかさ、他クラスなのによく俺のこと知ってんねー?」

カチカチにセットした髪をいじりながら、ちらっと流し目を向けてくるその男子《ターゲット》。

本人はばっちりキメたつもりなのだろうが、まだあどけなさの残る顔立ちとのアンマッチさがいかにも高校デビューって感じを際立たせている。まぁ長坂《ながさか》の情報だと元々丸刈りスポーツマンだったらしいから、事実そうなんだろうけど。

「ん、長坂から聞いてたし。前から顔は知ってたからね」

一応、嘘《うそ》じゃない。応援練習の時、長坂の後ろにいるのを見たから。一瞬だけ。

それに接触の不自然さを軽減するためには、以前から興味を持っていたように見せるのが手っ取り早い。

「マジでっ? もしかして俺のこと気になってる!?」

うん、すぐにがっついてくるところも情報《データ》通り、っと。

「えー、やだ、自意識過剰じゃん」

接近してきた彼の肩を、とんと軽く押して突き放す。気を持たせすぎない程度には淡白に、ただ不快にはさせないように。ついでに仕込みも忘れずに入れ込む。

「てか、話しかけてきた子みんなにそういうの言ってるの？」

「はは、なわけないない。可愛《かわい》い子だけ！」

「じゃあ、絶対芽衣《めい》にも同じこと言ったでしょ。最近仲良いんだよね？」

「あーいや、芽衣ちゃんはね……さすがにないっしょ、って感じがしちゃってさぁ」

ああ、なるほど。あの子相手なら、そういう解釈になるのか。

いや、あるいは――。

「……ま、別にいいけど。それじゃまたねー」

「あっ、せめて連絡先を――」

余計なことを言われる前に、私は早々に階下へと姿を消した。


――色々な人にコンタクトを取ってみて、だいぶ傾向が見えてきた。

やはり、芽衣が多くのグループと遊びに行ったことは間違いない。だけど、どのグループとも親密になったというほどではなく、必ず一線を引いているようだ。

その行動は『みんなと仲良くなる』ためではなく、『一つのグループとだけ仲良くしない』ためのように感じられた。

そこから芽衣《めい》の行動を読み解いていくと、おぼろげにその目的が見えてくる。

ただ……もし私の予想通りだったとすると、自クラス《4組》だけ男子への接触が多いっていうのは違和感がある。目的に従うならむしろ女子の方にこそ積極的に声をかけるべきだと思う。

その違和感が真相に至る鍵《かぎ》になるかも、と考えて4組を中心に調べてはみたものの……今のところ、はっきりとした成果は得られていない。

とはいえ、これまではきっかけすらないって状態だったし、前進しているのは間違いないだろう。もう少し確実な情報が集まった時点で報告を上げて、今後どう対応していくかを改めて考えるのがよさそうだ。

私はそう判断して、次の目的地に向かって歩き始める。

さて、お次は本命の〝彼〟だ。

同じタイミングでの動き出しを見るに、彼にも何かしらの働きかけがあったと考えるのが妥当だし。仮に何も出てこなかったとしても、親睦を深めておけば無為にはならないはずだ。


――余計なことをしてるかな、とふと思う。

任されたのは日課の巡回調査で、他の動きは求められていない。

ただ……調査を徹底すること、それ自体にも何かしら理由があるっぽかったし。

あいつが計画を成し遂げる上で、それが必要だというのなら仕方がない。

それに、対面調査は私に分があるらしいから、とかくデータ不足な現状において、長坂《ながさか》にできない範囲を担当するのは理に適《かな》ってる。

まぁこの程度なら、面倒ってほどでもない。

気になってたこととの確認にも繫《つな》がるだろうし、一石二鳥と考えれば安いものだ。

――私はそんな軽い気持ちで調査を続ける。

だが、ずっとあいつに触れ続けて、感覚が麻痺《まひ》していたのか――。

私は、そもそも自分のやっていることが馬、鹿、な、こ、と、だという大前提を、すっかり忘れていたのだった。

第四章　過去のエピソードが有効に働くとだれが決めた？

Who decided that I can't do romantic comedy in reality?

「おはよ、常葉《ときわ》」

「おっ、はよーっす。てか、俺より遅いなんて珍しいなー？」

「ちょっと寝坊をね……」

俺は既に朝弁を食べ終えていた常葉に挨拶《あいさつ》を交わしてから席に座る。

ＧＷが明けて、３日が経過した。

昨日もひたすらＳＮＳデータの分析をしていたら知らぬ間に寝落ちしてしまったようで、遅刻ギリの電車に乗るハメになってしまった。ピークタイムでも30分に一本しかない田舎路線だから、一本乗り遅れるだけで相当なタイムロスになってしまうのが困りものだ。

ふと横を見るが、そこに清里《きよさと》さんの姿はない。鞄はあるから、一時的に席を外しているのだろう。

——連休以降、ＳＮＳ上に目ぼしい情報は出てきていない。

日課を上野原《うえのはら》にやってもらっている以上、妥協するわけにはいかないと全力で調査にあたったが、成果は得られずにいる。

他のグループと関わるのをやめたということなのか、それとも単に平日だから何もしていないだけなのか、判断が難しい。

　このまま机上に張りつくのは悪手な気もしてきていて、やっぱり今後は対面調査で情報を仕入れる方向にシフトした方がいいかもしれない。

　だが、周囲に清里さんのことを聞いて回るのは動きとして目立つし、変な噂《うわさ》を立てられでもしたら面倒だ。

　そうなると、もう本人に直接アプローチをかけて探るしか──。


「おいイインチョー」


──と。

　突然頭上から、声をかけられた。

「……え？」

　その声の主が予想外の人物で、一瞬俺の思考が停止する。

　顔を上げると、そこには──。

「チッ、無視すんなっつの」

　数人の取り巻きとともに、勝沼《かつぬま》あゆみが立っていた。

　……え、俺？　マジで俺に話しかけてる？

「あ、えっと……何か用、か？」

俺は自分のキャラ設定も忘れ、ぼんやりとそう返す。

こうして勝沼《かつぬま》から直接話しかけられたのは、初めてだ。

いつも邪魔に入ってくる時だって先に声をかけていたのは俺の方で、その反応も大抵ぞんざいなものばかりだった。

勝沼はキッ、とその切れ長の瞳を吊り上げて俺を睨《にら》む。

「アンタさぁ。ダチが何やってるか、知ってるワケ？」

「……？」

は……？　ダチ？　誰のことだ？

「いや、すまん、言ってる意味が……？」

「アンタのダチ、5組の上野なんとかっ、て女のことだっつの」

「……は!?」

どっくん、と心臓が跳ねた。

え、上野原《うえのはら》……？　上野原が、何だって？

「とぼけてんの？　応援練習の時から急にしゃしゃり出てきて、馴《な》れ馴れしくしてんの知ってんだよ。それだけならともかく――」

「ちょ、ま、待ってくれ、俺には何がなんだか……」

ど、どうして上野原の名前が？　勝沼から？

二人は接点なんてないはずだ。面識は当然のこと、会議で話題に上ったことすらない。

なのに、いったいどこで、どういう関わりが……？

「ちょいちょい、あゆみ、待った待った！」

俺が完全にパニックになっておろおろとしていると、隣で話を聞いていた常葉《ときわ》が俺たちの間に割って入ってきた。

「それは昨日ちゃんと説明したじゃんかー、単に偶然会っただけだって！」

「んだよ、エイジはこいつらの味方なわけ？」

「いや味方とか敵とか、そういうんじゃないだろ？　みんな友達なんだからさー」

「……チッ」

勝沼は苛立《いらだ》たしげに舌打ちすると、不機嫌そうな様子のまま自席へと戻っていった。

「ふぅー……とりあえず収まってよかったー……」

胸を撫《な》で下ろす常葉を横目に、俺はぼんやりと机を見下ろす。

いったい……何があったんだ、上野原……？

◆

「なぁ委員長、ちょい外で飯食わね？」

常葉《ときわ》の声を聞いて、俺は我に返る。

今は昼休みだ。悶々《もんもん》と色々考えているうちに、午前中の授業が終わってしまった。

常葉はにへら、と笑って、それから小声で耳打ちしてくる。

「ちょっと話しときたいこともあるから……」

……話？

朝の一件絡みだろうか……？

ちら、と周囲を見ると教室はがやがやと騒がしい。こちらを見る勝沼《かつぬま》グループの目線もどこか刺々《とげとげ》しく、落ち着いて話ができる雰囲気じゃなさそうだ。

上野原《うえのはら》に送ったメッセージはまだ既読がついておらず、本人から事情を聞くこともできそうにない。

……とにかく、一度話を聞いてみよう。

俺はこくりと頷《うなず》いて、常葉の後に続いて教室を出た。

◆

「よっしょ、っと。ここ、風通って気持ちいいんだよなー」

体育館横、開け放たれている扉の段差に腰掛けて、常葉はぐっと大きく伸びをした。

昼休みの時間帯、体育館は誰でも使えるように開放されている。大抵誰かしらが体を動かしにやってくるが、今はまだ開始直後だからか、利用者は一人もいなかった。

校舎から届く喧騒《けんそう》は遠く、周囲は静かな空気が流れている。ここなら他人の目を気にする必要もないだろう。

「……それで、話って何？」

俺はその横に座って、早々に切り出した。

「あー、ちょっとなー……昨日のことなんだけど」

常葉は弁当箱を開こうとする手を止め、いつも通りにゆったりとした調子ながら、どこか気まずげな表情で語り始める。

「部活終わりに、たまたま彩乃《あやの》ちゃんと会ってさ。暑いし、ちょっとコンビニでアイスでも食べないか、って話になったんだ」

「え……マジで？」

偶然……とは、とても考えにくい。

だが、あいつには巡回調査を頼んでいただけで、常葉とコンタクトを取るような調査は含まれていなかったはずだ。

「んで、近くの店に寄って軽く雑談してから別れたんだけど……今度はあゆみと行き合って」

んん……？　そこで勝沼《かつぬま》？

「そしたらさ、あゆみに彩乃《あやの》ちゃんについて色々言われたんだよなー」

と、そこで常葉《ときわ》は若干言い淀《よど》む様子を見せてから続ける。

「あゆみが言うには……なんか最近、彩乃ちゃんがいろんな人に声かけて回ってるみたいで、しかもそれが、男ばっかりなんだって」

「はっ……？」

ちょ、ちょっと待て！

そんなの、全然知らないぞ!?

「ど、どこでそんな話が？」

「んー、細かいことは知らないんだけど。なんか、井出《いで》とか穴山《あなやま》が『最近可愛《かわい》い子に声かけられて困るー、モテ期到来ー』みたいなこと言ってるらしいんだわー。で、その可愛い子、っていうのがどっちも彩乃ちゃんだったっぽい」

なんだって……？

今出たクラスメイトの二人は、チャラ系とオタク系という傾向の違いこそあれど、どっちも口が軽いタイプの奴らだ。

同時に、それぞれが清里《きよさと》さんと遊びに行っていたグループの中心人物でもある。

「実際、話してるとこをあゆみの友達が見てたらしくて……それがすごい馴《な》れ馴れしい感じだったー、とかで……」

そこで俺はピンと来る。

まさか、上野原《うえのはら》──。

「あゆみも心配性だから……なんか勘違いしてて『色目使って来てるから気をつけろ』とか言われてなー」

そこではっとした顔になった常葉《ときわ》は、手をぶんぶんと振って言った。

「あっ、ちなみに俺にはいつも通りの彩乃《あやの》ちゃんだったし、別に変なこと話してたわけでもないよ！　最近どこか遊びに行ったー？　とか。そんな感じだし」

──ああ、やっぱりだ。

上野原は俺に先んじて、対面調査をしていたのだ。

「だからあゆみには、勘違いだぞ、って言っておいたんだけど。もしかして、委員長なら何か事情を知ってるかも、って思ったからさ。一応、話しとこうと思ったんだ」

「……ごめん。俺も今知ったばかりで……」

「んー、そっかー……」

困り顔で頬《ほお》をかく常葉を横目に、俺はぐっと拳を握りしめる。

――常葉の言うように、個々人とのやりとりは大した内容じゃないのだろう。雑談ついでという体《てい》で探りを入れたはずだし、俺のように会話でボロを出すような奴じゃない。

問題なのは、個々のケースが偏見を持って繋《つな》ぎ合わされてしまったことだ。

対象者は全員が男。短期間に複数人に話しかけて回る行為。上野原が俺と親しい友人だという関係性。そしてそれを掴んだのが、俺と敵対関係にある勝沼《かつぬま》。

すべての要素が合わさったことによって、上野原の行動が「他クラスの男子に手当たり次第声をかけて回る妙な女子」という、悪い方向に偏って解釈されてしまっている。

調査目的という時点で真相は明かせないし、何かしら言い訳をしようにも、それなりの根拠を示さなければ信憑性《しんぴょうせい》がない。

かといって、無視して今まで通りに活動するのは、計画にとってリスクが高すぎる。

いやそれよりも、これ以上悪い方向に転がると、あいつ自身の評判が――。

俺は知らず浅くなっていた呼吸に気づき、深呼吸をして気持ちを落ち着けた。

とはいえ……今のところ、この話が広まっている様子はない。

あくまで勝沼グループの中だけでの話なら、早めに対策を打てれば、問題化することなく回避できるかもしれない。

なんにせよ、一度本人に詳細を確認する必要があるな……。

俺はそう決めると、再び上野原《うえのはら》に呼び出しのメッセージを打つ。

「うわっちゃー……」

――と。

おもむろにスマホを取り出した常葉《ときわ》が、眉《まゆ》を顰《ひそ》めながら呟《つぶや》いた。

「今度はどうした……?」

俺は嫌な予感を感じつつ尋ねる。

「あー、っと……」

常葉は珍しく不快げな顔で、頭をガシガシと掻《か》いた。

「こういうのは、俺もどうかと思うんだけど……」

躊躇《ためら》いがちにそう言って、自分のスマホをこちらに差し出してくる。

画面上に表示された、メッセージアプリの送信者欄には『勝沼《かつぬま》あゆみ』の名前。

そして『これが証拠』という本文とともに。

◆

――上野原が、男子と親しげに話す姿を映した動画が添付されていた。

放課後の屋上、その入り口。

俺は鉄格子の扉越しに曇り空を見上げながら、上野原を待っている。

風の吹きすさぶ外階段は、季節が巻き戻ってしまったかのように肌寒い。

案の定、屋上のドアはガチガチに施錠されていて、中には入れなかった。それでも学内で、一番人目を気にせず話せる場所はここだけだ。

本来なら〝M会議室〟に移動するべきなのだろうが……今は、少しでも早く上野原と話がしたかった。

「──ごめん、待った？」

集合時間、10分前。

相変わらずの時間厳守で、上野原がひょっこりと顔を出した。

「いや……」

「学校で集合なんて珍しい。何か進展あった？　それとも調査の都合？」

とんとん、と階段を上りながら、いつもの調子で話す上野原。

その様子からして、やはり気づいていないようだ。

「なぁ……これ、知ってるか？」

「ん……？」

俺は常葉から送ってもらった動画をスマホに表示させ、そのまま上野原の方へと向ける。

上野原《うえのはら》は訝《いぶか》しげな顔でスマホを受け取って、画面に目を落とす。

そして、ぴくりとその身を硬直させた。

「……なに、これ」

スマホを見つめたまま呟《つぶや》く。

表情はいつも通りの無表情に見えるが、もう片方の手で後ろ髪をくしゃくしゃと掴み、落ち着きがない。

「あの時の調査……男子への声がけ……ああ、そっか、そういうことか……」

ぶつぶつ呟いてから、ぐしゃり、とひときわ強く後ろの髪を握った。

……相変わらず鋭いな。もう状況を察したのか。

俺は苦々しげに息を吐いてから続けた。

「対面調査まで、やってくれてたんだな……」

「……」

「この動画を撮ったやつは勝沼《かつぬま》グループ……俺と敵対的な連中の一人だ。応援練習の後、お前がうちのグループと親しげにしてるのを見て、その時から注目されてたらしい」

常葉《ときわ》経由で軽く確認してもらったところ、俺と親密そうな間柄で、かつ急に接近してきた他クラスの女子ということで、当時から警戒されていたようだ。

よくよく思い返してみれば、確かにあの時、勝沼の視線はこちらに向いていた。

てっきり、いつものように俺の妨害をしようと様子を窺《うかが》っているのかと思ったが……もしかしたら、上野原の方を注視していたのかもしれない。

「最初からネガティブな印象を持たれてた時に、調査の動きが目に入って、悪い方向に解釈されちまったみたいだ。そのせいでお前が……その、男たらし、だとか……そういう話に」

上野原は黙したまま語らない。

俺は耐えきれず頭を下げる。

「……すまん。もっと早くに気づければよかった」

「……」

「だが……まだ大丈夫だ。動画の方はこれ以上広がらないように常葉に止めてもらってるし、いくらでも挽回はきく。計画に影響が出てるってわけじゃないから、言い訳次第で――」

「いいって」

――上野原がぴしゃり、と口を挟む。

そして、ふぅ、と小さくため息をついてから。

「……なんだ。もしかして、馬鹿になれるつもりでいたのかな、私」

すべてを諦めたかのように、呟いた。

その声からは、いつも以上に感情が感じられなくて、俺は急に焦燥感《しょうそうかん》に包まれる。

「いや、上野原《うえのはら》」

「目撃者いたんだね。背後には気をつけろ、って話……わりとマジだったのか」

返すね、と手に持ったスマホをこちらに渡してよこす。

上野原は平坦なトーンのまま、どこか冷めた様子で淡々と続ける。

「普通に考えて、初対面の男子ばかり、それも他クラスの人に延々と声をかけて回るとか、そりゃキモいって。変な噂《うわさ》が流れたとしてもおかしな話じゃない」

「で、でも、それはっ」

「とはいえ、言い逃れするほどでもないでしょ。だって、私がこれ以上、余計なこと、しなきゃいいだけじゃん？」

「……っ」

俺は考えないようにしていた選択肢を突きつけられて、言葉を失った。

「そもそも、深掘りされて問題が出ることはしてないからね。動画が残っちゃったのはちょい面倒だけど……ま、それでも、今後何もしなければすぐ忘れられるでしょ」

所詮は他クラスの話だしね、と続ける。

「長坂《ながさか》は無関係で通すだけ。私は何もしないだけ。それが一番合理的な解決策じゃない？」

「そ、れは……」

繰り返し正論を投げつけてくる上野原。

何か……何か、言い返さないと。

そうしないと、このままじゃ。

「……わかった、それじゃ、ほとぼりが冷めるまでは俺一人で」

「ああ、ごめん。それもやめとこ」

どくん、と心臓が跳ねた。

上野原はその髪を後ろに払いのけると、くるりと俺に背を向ける。

「共犯者ってやつもこれでおしまい、ってこと。ついズルズルとここまで来ちゃったけど……これ以上、面倒なことになる前にやめといた方がいいでしょ」

「あ……」

さらりと語る上野原からは、何の感慨も感じられない。

「大前提として、私は別にラブコメとか興味ないし。リスクを負ってまで続ける理由もないし。そんな奴がいたところで、ぶっちゃけ長坂だって迷惑じゃん？」

それが常識であり、自分の日常なんだと言わんばかりに、普通の調子で語り。

こつこつ、と一定のリズムで階段を下りていく。

屋上から、一歩一歩遠ざかっていく。

「ま、待て、待ってくれ」

俺はその背に追いすがるように声をかける。

階段の折り返し地点の、踊り場。

そこで上野原《うえのはら》は一瞬立ち止まり、その後ろ髪をくしゃりと掴んでから、退屈そうにこちらを見上げ、俺の目をじっと見つめて言い放った。

「ちゃんと現実を見なきゃ。そもそも私は、最初から無関係だったんだしね」

――その言葉は。上野原と出会ったあの日に聞いたものと、同じもの。

その耐えがたい言葉を受けて、俺は思わず叫んだ。

「待ってくれ！」

「……まだ何かある？」

そのまま去ろうとしていた上野原は、目だけこちらに向けて言う。

「お前……なんで、頼んでもいないのに、対面調査までしてくれたんだ？」

「……」

「この前だってそうだ。自分から、色々計画のために動いてくれただろ」

「……」

「巻き込まれただけ、流れで手伝ってただけって言うなら、そんなことしなくても良かったはずだ。自分から動くには、他に理由がないと不自然だ。違うか？」

その言葉を最後に、しん、と辺りが静まり返る。

そして、さぁっと、俺たちの間を風が吹き抜けていった。

上野原は俺から顔を背けて、なびく髪を押さえる。

——そして。

「……私は、馬鹿にはなれないけど」

その口元を、少しだけ持ち上げて——。

「長坂《ながさか》は、馬鹿でいるのが、よく似合ってると思ったから。

だから……なるべく馬鹿のままでいてほしかった。それだけだよ」

——優しげで、悲しげな、顔で笑った。

上野原《うえのはら》の、真意《ばか》を聞いて、俺は我に返る。

ああ——なんてこった。

俺は、何をやってるんだ。
俺があの時の記憶に囚《とら》われて、本質を見失っていたせいで——。

上野原に、不要な失敗をさせてしまった。
上野原に、余計な気遣いをさせてしまった。

上野原に——やっぱり現実は覆せないのだと、誤解させてしまった。

「……認めない」
「……？」
「こんな現実は、認めない」
「え？　いや、急に何を……」

——上野原の言う通り。

俺は、馬鹿だ。

大馬鹿で、あるべきなんだ。

「……なんだこの微妙な展開は。なんだこのチンケな決別イベントっぽい流れは。こんなの全然、俺の好きなラブコメじゃない。だから俺は、そんな現実を認めない」

上野原は困惑げに眉《まゆ》を歪《ゆが》めてこちらを見る。

「いや、あのね……ラブコメじゃないとか、今そういう話は別に」

「うるさいバーカ！」

「ええ……？」

そう叫んでから、俺は思い切り自分の頰《ほお》を叩《たた》きつける。

バチィンッ、という音が屋上に向かって弾け、そして空へと消えていった。

「ちょっ、何してんの君」

「あぁいってぇ！　ったく、何やってたんだ俺は！」

そもそも、俺は何のために調査をしてるんだ。

ラブコメをやるため、だろうが。

調査に拘《こだわ》りすぎてラブコメが置いてきぼりになったら、本末転倒《ほんまつてんとう》だろうが！

「いいぞ、いいだろう。もういい加減、シリアスっぽいのは飽き飽きだ。ラブもコメもない舞台裏の失敗談はうんざりだ」

「ねぇ、ちょっと、さっきから何を」

「いいか上野原《うえのはら》。お前の仕込んだ伏線、俺が全部回収してやる」

「は……？　伏線……？」

戸惑ったままの上野原を差し置いて、俺は思考を走らせる。

——ただ待っていても、この現実でラブコメ展開なんてのはやってこない。

だから俺は、現実をラブコメにしてやるのだと決めた。

「そうだ。ラブコメは、すべてを解決する。

このちゃちな展開を利用して——俺が最高の〝ラブコメイベント〟を作り出してやる！」

見せてやる。

ここからが、俺の——。

長坂耕平《しゅじんこう》としての、真の見せ場だ。

第五章　現実でラブコメできないとだれが決めた?

Who decided that I can't do romantic comedy in reality?

「いいか、とにかくお前は、引き続き対面調査を繰り返してくれ」

二人して階段を下りつつ、スマホ片手にそう告げた。

「は？　いや何それ、意味わかんないんだけど」

「むしろしつこいくらいでちょうどいい。ウザがられてもグイグイ話してこい」

「だから、そもそもそんなことする必要性がわかんないんだってば」

上野原は立ち止まり、眉根《まゆね》を寄せて腕を組んだ。

「ほっとけば解決する話だって言ってるじゃん。あえて手を出す理由がない」

「簡単な話だ。俺のプランのが、より完璧《かんぺき》な解決策になる」

「より完璧？」

「ああ。お前の行動が全部ポジティブなものにひっくり返って、悪評が綺麗《きれい》になくなって、俺の計画が劇的に進む」

「……嘘《うそ》でしょ？」

上野原が信じられない、とばかり首をひねる。

「お前の案は単なる現実的な妥協策だ。これ以上マイナスは増えなくても、絶対プラスにはならない消極的な解決法だ。だが俺の案なら、全部をプラスにできる。どっちのがより望ましいかは言うまでもないだろ?」

「それは……まぁ……」

俺の自信満々な発言に、上野原《うえのはら》は戸惑った様子で相槌《あいづち》を返した。

それから口元に手を置き、しばらく考え込むそぶりを見せてから口を開く。

「……具体的にはどうするつもり?」

よし、乗ってきたな。

俺は内心でほくそ笑みながら、冷静な顔で続けた。

「いくつか段階を踏む必要がある。全部満たせてはじめて成功だ」

言いながら、俺は手元のスマホをフリックする。

「うん……そうだな、この際だ。集められるだけ情報も集めちまおう。いいか、対面調査で今から送るリストの情報《データ》を集めてきてくれ」

そう言って、俺は作ったばかりのリストを上野原に送りつけた。

上野原は届いたデータを確認しながらぶつぶつと呟《つぶや》く。

「クラスの雰囲気に関する見解、勝沼《かつぬま》あゆみに対する評価、長坂《ながさか》に対する評価……? ちょっと、これどういうこと?」

「文字通りだ。特に最後のネタは必ず全員に聞くように」

「え、何で？」

「俺が自分で『ねぇ俺のことどう思ってるぅ？』とか聞いて回れるわきゃないだろうが、気色悪い。常識的に考えろ、常識的に」

「うっわ、それ久々に聞いたけど腹立つ……」

嫌そうなジト目をよこす上野原。

「それ聞いて回るのに何の意味があるのか、って話。納得できなきゃ動くにしても動けない」

ああもう、これだから理屈屋は。ちゃんと理由がないとテコでも動かないんだから。

俺はため息をついてから渋々説明する。

「いいか、現状は男ばかりにチョイチョイ話しかけてる、ってことが問題だ。しかも、本音を一切感じさせない雑談っぽい内容のな」

自分でも言ってたが、絶対に真意を悟らせないような聞き方で調査をしていたのは間違いなかろう。

「普通の調査ならそれが最適解だが、あまりに表面的な話だけってのも、それはそれで『本当は裏で別のこと考えてるのかも』って疑われる余地を残す。今回みたいな状況じゃ、逆に何についてて聞きたいのか明確にしてやった方が余計な疑念を抱かれない」

「……まぁ一理ある、気もする」

再び口元に手をやって頷《うなず》く上野原。

「だから、これからの調査は男女問わず、ハッキリとリストの項目について聞き出してくるんだ。上野原《うえのはら》の行動を上書きするのが目的だからな、お前自身がやらなきゃ意味がないだろ」

「で、なんでこの項目？　他のじゃダメなの？」

「次の段階で、お前の行動の理由を説明しなきゃならないからな。その時の理屈を考えるにあたって、俺に好意的な奴がどれだけいるか、それを事前に調べておきたい。他のは補助的な情報として使う」

まぁ、説得の理屈についてはもう考えついてるんだけど。それはまだ内緒。

「理由としちゃそんなとこだ。納得できたか？」

「うーん……まぁ一応は……？」

俺の勢いに圧《お》されたのもあってか、上野原は曖昧《あいまい》な顔ながら頷《うなず》いた。

ふふん。ちょろいな。

今テキトーに考えたそれっぽいだけの理屈で説得されるとは、まだまだ訓練が足りぬわ。

「そうと決まれば、早速行動だ。なるべく調査数を稼ぐぞ」

「長坂《ながさか》はどうするの？」

「俺は別の準備がある。こっちは絶対に俺にしかできん」

「別の準備って？」

俺は前へ向き直し、ぐっと拳を握って答えた。

「――過去を乗り越える戦いだ」

◆

――時は数日進み、土曜日。


「いやぁ、色々参考になりました。すいません、お休み中にもかかわらず」

今いるこの場所は、国立峡国《きょうごく》大学の、とある研究室である。

俺は大量にメモを取ったノートをパタンと閉じて、研究内容について懇切丁寧《こんせつていねい》に教えてくれた女性教授に頭を下げた。40代くらいの、きりっとした印象を感じさせる人だ。

「どうせ休日だって家で論文を読んでるだけだし、別にいいのよ。それよりも、この時期から進路のこと考えてるなんて偉いわね」

うちの娘にも見習わせたいわ、とやれやれ顔で呟《つぶや》く教授。

「でも統計の知識なんてどこで身につけたの？　下手な1回生よりわかってるじゃない」

「いえ、単にこういうのが趣味なだけで。好きが高じてなんとやら、ってやつです」

「あら、趣味だっていうなら余計素晴らしいことよ。研究者向きだと思うわ、そういうところ」

教授はなんだか上機嫌な様子でホットコーヒー（角砂糖増量中）を口に運んだ。

うーむ、なんか予想以上に気に入られてしまったっぽい。調査によればフレンドリーな先生だって学生に人気らしいけど、本当だったみたいだ。そして味覚って遺伝するのな……。

にしても、話を聞いた感じ、心理学って予想以上に統計使うんだなぁ。意外と肌に合うのかも。副産物だが、これはこれで本当に参考になった。

さて……いい具合にパーフェクトコミュニケーションできたっぽいし、本日のメインテーマに入りましょうか。

「あ、そういえば、お名前で気になってたんですけど――」


――これが、一つの過去との戦い。

俺の抱える現実に対する、反逆の一手だ。


なお――。

これは上野原《うえのはら》……いや、彩乃さんには内緒のバックストーリーである。

いや、ぶっちゃけ知られたら何言われるかわかんないしな……。

◆

さらに翌日——生徒会室にて。

「はい、お茶どうぞ。コーヒーはインスタントしかなかったから、紅茶にしたよ」

「あ、いえ、お構いなく」

目の前に白いティーカップが置かれる。ふわりと漂う紅茶の香りで、慣れない場所にいる緊張が少しだけ解けた。

続けて、先輩——日野春幸《ひのはるさち》先輩は、手に持ったティーポットで私物らしきカップに紅茶を注ぐ。用意までやけに時間がかかったから、もしかすると茶葉から淹《い》れていたのかもしれない。

「……それにしても、休みの日にも働いてるんですね。生徒会ってそんな忙しいんですか？」

「忙しさで言えば年中忙しいけど、今は新入生歓迎会の準備があるから余計かな。進捗《しんちょく》悪かったしね」

「でも、他の人はやらなくていいんです？　先輩一人じゃないですか」

まぁ、一人作業《ソロ》してるって情報をキャッチしたから、こうしてこの場に赴いたわけだが。他の生徒会メンバーとは面識ないからな。

日野春先輩はカップを口に運ぶ手をぴたりと止めてから答える。

「うーん……あくまで私が自発的にやってることだから。当然他の人に強制なんてできないよ」

部活の自主練と一緒、と外見ぴったりな柔らかい笑みを見せて、紅茶を一口飲んだ。

しかし、こうして間近で見るとほんとバブりたい感じの美人さんなんだよな……。

「かくいう君だって、今日は自習なんでしょ？　入学早々、学校生活に前向きな姿勢は素晴らしいと思う。ね、その調子で生徒会にもチャレンジしてみようよ、名無しの後輩君」

……続けてこう来なければなぁ。

あと名無しの後輩って、この前名乗らなかったことそんなに根に持ってるの、そうなの？

俺はごほん、と咳払《せきばら》いを一つして、気持ちを切り替える。

しかし——今回は、そのアクティブさに乗っからせてもらうとしよう。

「まぁ……生徒会の仕事に興味があるのは事実です」

「わ、ほんとに？　うんうん、歓迎するよ！」

「ですが。この程度の仕事しかできない生徒会に、入る意味なんてあるのかな……と思わなくもないですね」

「えっ……？　どういう、意味かな？」

先輩はきょとん、とした後、若干むっとした顔になって尋ねてきた。

——よし、この前上野原《うえのはら》が持ってきた情報通り。

先輩はかなり生徒会活動にプライドを持っているらしい。

だからそこを刺激してやれば、挑発に乗る確率が上がるって寸法だ。

俺は素知らぬ顔で持参した冊子を机の上に置いた。

先輩はその表紙を見て、不思議そうに呟く。

「……この前の生徒総会の資料？」

「ええ。この会計報告と予算案を拝見しましたが……数字があまりに雑で」

俺は「ハァ……」とわざとらしくため息をついた。

「学園祭実行費を余らせる、各部の予算配分が実績に見合わない、使途のわからない予備費が多い……とまぁそんな感じで。これって単に過去の数字を踏襲してるだけじゃないのかな、と」

「っ……」

「年度ごとに最適化しようという意思が感じられない。そんな意識の低い生徒会じゃあちょっとなぁ、って感じです」

「……はっきり言うね、後輩君。新入生に何がわかるって？」

言いながら、先輩は悔しそうに口をつんと突き出した。

先輩は庶務の他に会計監査も兼ねている。予算について部外者にあれこれ言われるのはさぞ腹立たしいだろう。

「まぁ、当然何も知らないです。あくまで数字から見た予想ですから」

「そうでしょ。言うだけなら誰だってできるよ」

その発言を聞いた俺は、指をぴんと立ててすかさず言った。

「じゃあ一つ、実験してみますか？」

「……実験？」

「ええ。試しに改善案を作ってみます。それがいい感じだったら、僕が正しかったってことで」

先輩は口元に手を置いて、意外そうな顔をする。

「へぇ……そこまで言うからには自信あるんだ？」

「さて、どうでしょう？　ただ、やるからにはちゃんとしたものを作りたいので――ちょっと倉庫の資料を見せていただくことになるかもしれませんが、協力してくれます？」


――ここで手に入れた小道具に関しては、おまけのようなものだが。

俺たちの〝プロローグ〟には、やっぱりコレが必要だろう。

◆

「みんなおはよー！」

そして、翌週。

俺は登校するなり、クラス中に向けて声をかけた。

一瞬、みんなの視線がこちらに集まり、ぽつぽつと返事が返ってくる。

時間帯は、予鈴ギリギリ。つい最後の仕上げに本腰を入れてたら、早朝までかかってしまった。そのまま徹夜で来たから、謎の深夜テンションが残ってる感あるな。

クラスはほぼ全員が登校してきていて、思い思いに雑談に花を咲かせている。

「――長坂《ながさか》といえばさ。なんか最近、声かけてきた子いなかった？」「あー、いたいた。なんか委員長ってどう思う、とか聞かれたわ」「それあれ、男に色々ちょっかい出してたとかいう子じゃね？」「え、でもあたしのところにも来たけど？」「私もそういえば……」

と、雑談の中にちらほらと伏線についての話題が混じっていた。

調査データはぽこじゃか上がってきてたから順調だとは思っていたが、上野原《うえのはら》はしっかりノルマをこなしてくれたみたいだ。わりと無茶な要求だったはずだが、流石《さすが》だな。

俺は自席へと向かい、机の上にリュックをどかりと載せてから、清里《きよさと》さんに声をかける。

「おはよ、清里さん」

「うん、おはよー。長坂くん」

授業の準備を進めていた清里さんは、にこりといつも通りの笑顔を返してくれた。

「今日はゆっくりだったんだね。寝坊かな？」

角度はこんな感じかな……と俺がリュックをちょいちょい動かしていると、清里さんがそう尋ねてきた。

「あー、ちょっと色々忙しくてね。寝てないんだ」

「え、本当に？　勉強？」

「まぁそんなとこ」

広義でいえば勉強だな。画像処理アプリの操作方法的な。

「へー？　テスト前でもないのに頑張るなぁ」

清里《きよさと》さんは不思議そうに呟《つぶや》いて首を傾《かし》げた。さらりと揺れた前髪の隙間から、涙ぼくろがちらりと覗《のぞ》いた。

「はよっす常葉《ときわ》。この前は悪かったな」

「あー、おっすー、委員長……」

と、返事を返す常葉の方は、なんだか気まずげだ。

たぶんだが、上野原《うえのはら》絡みで何かあったんだろうな……。

「なぁ委員長、あのさ……」

「おいイインチョー」

と、常葉の前にすっと割り込んでくる影。

俺は顔を上げ、予想通りの人物にあっけらかんと声をかけた。

「おっす、勝沼《かつぬま》。元気か？」

「とぼけてんじゃねーよ。アンタ、マジでどういうつもりなわけ？」

相変わらず睨《にら》みを利かせながら、ぎゅっと固く組んだ腕の中で指をトントンと叩《たた》き続けている。朝から不機嫌レベルマックスっぽい。

「何の話だ？」

「ダチの話に決まってんだろ。急に話しかけてきやがって、本気でウゼーんだけど」

え、上野原、勝沼にまで凸《とつ》ったのか？　度胸あんなあいつ……。

「どうせアンタが関わってんだろ。何のつもりだよ、あぁ？」


――しかし、ちょうどいいタイミングで絡んできてくれたものだ。

ほどよくクラスの注目も集まっているし、この流れに乗らせてもらおう。

俺は準備しておいたスマホのショートカットをタップして、リュックの中に仕込んだタブレットが動作したことを確認する。

そしておもむろに立ち上がり、そのまま教壇の方へと向かった。

「みんな、ちょっと聞いてくれ！」

そして、クラス全体に届くような大声で呼びかける。

しん、と教室が静まり返り、クラスメイトたちの視線が一斉に俺に集まった。

疑問の目、好奇の目、嫌悪の目――いろんな目線を感じて、俺はごくり、と唾《つば》を飲み込む。

――ビビるな。

情報は集まっている。上野原《うえのはら》による印象調査から、成功確率は6割を超えると推計できた。

それに……いつかはやらなきゃいけないことだったんだ。

むしろ、ここまで隠していたことでさえ、本来はよくないことなのだ。

気合いを入れろ、長坂耕平《ながさかこうへい》。


俺は教卓の裏で、強く拳を握りしめる。

そして一度、深呼吸。


「これから、朝のHRの時間を少しもらうことになってるんだけど……」


それに。

このタイミングこそが。

もっとも効果的《ドラマティック》に――〝過去語りイベント〟を、起こせるチャンスなのだ。

「この場を借りて、みんなに――俺自身のことについて、伝えておきたい」


――そして、俺自身の抱える過去との戦い。

今まで隠し続けていた俺の恥部を、告白した。

◆

――5月の風は、仄《ほの》かに暖かい。

俺は校舎の外階段を、一歩一歩踏みしめるように上っていく。

何度目かの踊り場を越え、眼前に現れたのは2メートル近くある鉄柵状の扉だ。ドアノブの部分には鍵《かぎ》穴が空けられている。

俺はごくり、と唾《つば》を飲み込んでから、ドアノブに鍵を差し込んで、扉を開く。

眼前に広がるのは、人一人いない無人の屋上。

そして、視界の半分を占める、燃えるような赤い夕焼け空だ。

「……うん。相変わらず、素晴らしき青春スポットだな」

約束の時間まで、あと15分。

なんとなくそわそわしてきた俺は、手に持つ鍵を弄《もてあそ》びながらウロウロと歩き回る。

「……にしても高い買い物だったかな……でも今後は自由に使えるわけだし……とはいえこれからのことを思うと頭痛が痛いが……」

ぶつぶつ一人呟《つぶや》きながらラブコメ主人公を満喫していると、背後からがちゃり、と扉の開く音が聞こえた。

……相変わらず律儀な奴。まだ10分以上前だぞ。

苦笑して、それから深呼吸を一つ。


「――来たな。上野原《うえのはら》」


さぁ、事前準備は万端だ。

ここで、すべての伏線を回収し――。

俺たちの〝プロローグ〟を、始めようじゃないか。


「よう、元気してたか？」

「……お陰さまでね」

上野原の顔はなんだか険しい。

まぁそりゃ、あんだけ色んな人にウザムーヴしてればなぁ……勝沼《かつぬま》とか、きっと相当アタりひどかったろうし。

ふう、と上野原はため息をついてから腕を組む。

「で？　成果は合流してから説明とか言ってたけど……ちゃんと全部収まったんだよね？」

俺は咳払《せきばら》いをしてから、神妙な面持ちで口を開く。

「……その前に。お前に、謝らないといけないことがある」

「……謝る？」

上野原は怪訝《けげん》な様子で小首を傾《かし》げた。

「ああ。俺はお前に、ずっと隠し事をしてた。それを今から、ちゃんと話させてくれ」

そう言って、俺は上野原の方を向き直し――。

クラスのみんなに語った告白を、繰り返す。

「俺……実は、浪人、してる、んだ」

「……」

上野原は、僅《わず》かにその目を見開く。

その反応が思ったよりも静かなもので、俺は密かに安堵《あんど》した。

「中3の時な。俺は、今のようにラブコメを実現しようとして……一度失敗してる。その失敗が原因で、高校受験に落ちたんだ」

俺は、あの時の出来事を思い出しつつ、空を見上げる。

「……いつか軽く話したと思うけど。昔、現実でもラブコメができるんじゃないか、って気づいたきっかけがあった」

それは、中3の夏休みが終わった直後のこと。

「修学旅行の計画の時だ。俺が調べてた旅先の情報をグループに披露して、それに一人の女子が反応してくれたのが始まりだ」

その子は今までほとんど会話をしたことのなかった女子だったが、俺がガイドブック並みにデータを揃《そろ》えていたことに感動したらしく、もっと詳しく知りたいと迫られた。

それまで趣味を人に褒められた経験がほとんどなかった俺は、つい喜び舞い上がって、放課後に延々と調べた知識を披露した。

そして最後のスポットを紹介し終えた時「一緒に行ってみる?」という言葉を耳打ちされ、俺は思ったのだ。

「自分のちっぽけな趣味がきっかけで、ラブコメっぽい展開が生み出せた。それまで何一つそれらしいことなんて起こらなかったのに、自分らしく動いただけで〝イベント〟が起こせた」

もしかして、自分にもラブコメができるんじゃないか――。

その可能性に気づいた俺は狂喜して、そこから一気に活動的になった。

「それから俺は、グループみんなの好みを聞いて、オススメの店や班行動の行程を提案したり、マル秘スポットを探し出して共有してみたり、色々動いた。ラブコメ知識を総動員した〝イベント〟プランを考えて、伝授したりもした」

例えば、夜にホテルから抜け出して、夜食を食べに行くイベント。

ラブコメじゃ定番だが、ネットからホテルの見取り図を入手して、先生の巡回ルートや脱出経路を事前に想定した上で、近くのラーメン屋までピックアップした。この計画過程も含めてイベントの範囲内なので、同じ部屋の奴らとタブレットを囲んでわいわいやりながらプランを組んだ。

例えば、旅先でのデートイベント。

一人の男友達が同じグループの女子に片想いをしていたから、雰囲気のいい隠れスポットを調べ、ドラマティックな演出プランを提供した。当然、途中でいきなり姿を消して、二人きりにするための行動計画も準備しておいた。

みんな喜んでくれて、絶対に面白い修学旅行になるはずだと認めてくれた。

俺もそうなるに違いないと確信していた。

「そして、あの日――修学旅行の日に。俺は〝計画〟を実行した」

1日目の班行動は完璧《かんぺき》にハマった。調べに調べたスポットはどこも最高で、想定以上の感動と、代え難い思い出が手に入った。

夜は夜で、夜食イベントが見事に成功。あの時感じたハラハラ感と、みんなで食べたラーメンの味は、とても印象に残っている。

俺も、当時の〝登場人物〟のみんなも大満足だった。

〝計画《プロジェクト》〟は成功した。

——途中までは。

「でもな。全く意識してなかった外野からの攻撃で、それがすべて崩壊したんだ」

確かに俺は、旅先の情報すべてを綿密に調べ上げ、完璧なプランを組み立てた。ラブコメらしい劇的なイベントを考えた。

だが俺は——〝登場人物〟の人間関係について、調査を怠った。

俺は歯を食いしばり、極力感情を込めないように淡々と語る。

「デートイベントを提供した男友達には、そいつのことを狙《ねら》ってる別の女子がいた。その女子は気が強いクラスのリーダー格で、デートイベントの内容に激怒して、片想い相手の女の子の方をいじめ始めた」

中学生くらいの女子にありがちな話だが、恋愛絡みのトラブルは異性よりも同性の方に攻撃が行きやすい。しかもその子は地味なタイプだったから、余計に矛先が向きやすかったのかもしれない。

「俺に耳打ちをしてきた子には、密かに他クラスに付き合ってる彼氏がいた。その彼氏に俺たちの行動プランがバレて、浮気じゃないかって咎《とが》められた」

俺はそもそも、彼女に恋人がいることを知らなかった。彼女の方も、俺との行動に他意があるわけじゃなく、単に意気投合した相手と遊びに行く程度の認識でしかなかった。

途中までうまくいっていて、最後まで完璧に推移するとばかり思っていた〝計画〟は――その時点で暗礁《あんしょう》に乗り上げた。

「最終的に……その仕込みをした俺が全部悪いってことになって、外野の連中から袋叩《ふくろだた》きだ」

突然、四方八方から糾弾された、あの時の気持ちは今も忘れない。

頭が真っ白になって何も考えられなくなり、ただただその場で呆然《ぼうぜん》とするだけだった。

「幸い、グループのみんなから責められることはなかったけど……そんな状況で楽しめるはずもない。気まずい雰囲気の中、修学旅行の残り日程を消化して、それでおしまいだ」

ふう、と俺は息を吐く。手の平には汗がじんわりと染みていた。

「元々、俺はそんな風に人から叩かれた経験もなかったし、楽しませるはずだった修学旅行を台無しにしちまったことが予想外に堪《こた》えてな……」

俺のせいで、すべてをぶち壊しにした。

中途半端にラブコメなんて実現しようとしたせいで、結局元よりも悪い状態に落として終わってしまった。

みんなでハッピーエンドを迎えるためのラブコメだったのに――俺は、その理想《ラブコメ》にすら泥を塗ってしまったのだ。

それから俺は、学校を休みがちになった。

いじめられたりとか、無視されたりとか、そういうあからさまな攻撃はなかったけど……常に漂う気まずい雰囲気と、自責の念に耐えきれなくて、その場から逃げてしまったのだ。

自由登校になってからは、ずっと家に籠《こも》りきり。

ＳＮＳをやめて、連絡先も消して、人間関係を完全に遮断した状態で毎日を消化した。

当然、勉強なんて手につかなくて、心配する家族に大丈夫だと虚勢を張りながら、ひたすらに無為な時を過ごした。

「それで結局、志望校に落ちた。結果は散々だった」

大して成績がよかったわけでもない俺が、大事な時期に何もせず、合格なんてできるわけがなかったのだ。

「やっぱり現実は甘くない。そう思って……一度は、すべてを諦めた」

そこで俺の計画は頓挫《とんざ》した。

現実じゃ、ラブコメなんてできるわけがない。

俺の、この現実で、ハッピーエンドを迎えることなんて――不可能なのだ。

「だけど――」

――最後の最後。

欠席していた卒業式の日。

「俺に耳打ちをしたあの子が、家に訪ねてきた。もうどんな顔をして会えばいいかもわからなかったし、隠れてたんだけど……」

ただ、外から届く音を遮《さえぎ》るものはなかった。

「その時、聞こえたのは――『誰も気にしてないから、長坂も頑張って』って言葉だった」

――その時の、彼女の言葉は。

なぜだか力強く、俺の心に響いた。

「その後、彼女から手紙をもらってな。そこに、グループみんなの状況が書いてあったんだ」

それによれば、俺以外のみんなが挫《くじ》けず前に進んでいることが記されていた。

デートプランを提供した男友達は、想い人を多くの悪意から守り切り、無事に結ばれて。

耳打ちをしたあの子は、関係の破綻《はたん》を仄《ほの》めかされても根気強く話し合い、理解を得て。

他のメンバーも誰一人、気まずい空気や心ない誹謗中傷《ひぼうちゅうしょう》になんて負けずに、戦い抜いた。


「みんなは決して諦めずに、自分を貫いて――ハ、ッピ、ー、エ、ンド、を、勝、ち、取、っ、た」


そして最後には、全員が笑って卒業していった。

ちゃんとこの現実で、ハッピーエンドを迎えたのだ。

「手紙の最後には『旅行の計画、楽しかった。ありがとう』って、メッセージが添えられてた」

それで、やっと――。

俺は気づいた。


――ラブコメは、ハッピーエンドに終わる。

俺の計画が、完全なるハッピーエンドにならなかったのは。

俺が、途中で諦めて、逃げてしまったからだ。

自分にできることを、最後までやりきらなかったからだ。

つまり――。

「俺は自分を貫かなかった。だから、現実をラブコメにできなかったんだ」

それだけが、主人公の条件のはずなのに、俺はそれを怠《おこた》った。

だから俺一人だけ、ハッピーエンドを迎えられなかったのだ――と。

――これが、長坂耕平《ながさかこうへい》が中学生Aだった頃の話。

俺のラブコメの〝エピソードゼロ〟である。

◆

「――それから浪人の期間に、調査スキルを必死に磨いて今に至る、ってわけだ」

一通り語り終えて、大きく息を吐いた。

「上野原《うえのはら》には、もっと早くに話しておくべきだった。ただ……話したら距離を置かれるんじゃないかと思って、ヘタレちまった」

言いながら、俺は自嘲《じちょう》する。

「それ自体が半端な逃げだ、っていうのにな。だからうまくいくわけがなかったんだ」

ずっと黙って聞いていた上野原《うえのはら》は、風を受けてなびく髪を押さえながら、静かに話し始める。

「……なんでさ。それを今になって、話したの？」

「ん？」

「急に話した理由、あるんでしょ？」

上野原のその視線を受けて、笑って答える。

「もちろんだ。前にも話しただろ、過去語りは、ここ一番の盛り上がりシーンをドラマティックにするために使うものだって」

「……盛り上がりシーン？」

俺は持参していたタブレットＰＣを取り出した。

「クラスメイトにも今の話は伝えてる。まぁラブコメ周りの表現は控えて、友人関係に失敗して浪人した、ってマイルドな感じにはしたけど」

「……？」

上野原はいまいち要領を得ない顔で首を傾《かし》げている。

「ま、要はだな。俺が『過去に盛大なる失敗をやらかして浪人したヘタレ主人公』だっていう〝設定〟として、過去話を活用したんだよ」

そう、今の重っ苦しい過去をそのまんま語っただけじゃ、みんなしてなんか気まずい雰囲気になるだけだ。

俺が実現を目指す〝計画《プロジェクト》〟とは、ラブコメを作り上げるためのもの。

つまり、ちゃんとラブ＆コメディに落とし込まなきゃ、計画を実現したとは言えない。

「シリアスシーンはこれでおしまいだ。ここからが、今回の一件の〝解決パート〟だぞ？」

「あの、ごめん、さっきから意味が全然……」

戸惑う上野原の目の前に、俺はタブレットの画面を掲げて見せる。

「さて……それじゃ始めよう。これが俺の考える、最強のラブコメだ！」


そして俺は。

密かに録画していいた、先ほどの一幕の動画を再生した。

◆

『──そんなわけで、今まで黙ってて申し訳なかった』

そう言って、画面中心に映った俺が頭を下げる。ちょうど、過去ネタを語り終えたところからスタートである。

クラスは妙にシンとしていて、雰囲気が重苦しい。

『……ハッ、くっだらね。んだよ、今更そんなこと言われてもドン引きなだけだし』

この声は勝沼《かつぬま》だ。

『で、結局センパイが浪人野郎だからどうしたワケ？　もしかして、だから僕と仲良くしてください とか、そういう流れ？　やっぱ、超ダッサいわ』

いやしかし、あいつよくこういうデリカシー皆無なことズバズバ言えるよな……ここまでくると逆にすげーと思うわ。

『ちょ、あゆみっ、そういう言い方は……』

『ああ、いいっていいって常葉《ときわ》。俺が小さい頃から、へタレ野郎だってのに違いはないから』

画面の俺は困ったように笑ってから続ける。

『そう、俺がこんな情けない奴なばっかりに……あいつに、過剰な心配をさせちゃったんだよ』

そして、ぐるりとクラスを見回した。

『ここ最近、みんなに声かけて回ってた奴がいると思うんだけど……』

「……ここで私？」

と、中腰状態でタブレットを凝視していた上野原《うえのはら》がそう呟《つぶや》いた。

俺は静かに頷《うなず》く。

――そして。

『隠してたけど、上野原《あいつ》は――』

これが。

ここからが。

『実は、上野原彩乃《あやの》は――俺の〝幼馴染〟なんだ!!』

――俺の、俺だけの。

ゼロから創り上げるラブコメだ。

「…………………は？」

上野原は聞き間違いか、という顔でタブレットを奪い取ると、その音量を最大まで上げた。

あー、それちょっと悪手かもよー。

『あいつとは3歳の時からの腐れ縁で……もともと親同士が仲良くって、家族同然のように育ってきたんだ』

「……え？　……え？」

『あいつ、小さい時はお母さん子でな……例えば、保育園の年少さんの時。大学教授やってるおばさんが、学会で遅れてお迎えに行った時なんて「ママいないーママいないー」って玄関前でタオル持ってギャン泣きしてたり……』

「…………んえ？」

ん？　今、上《うえ》野《の》原《はら》さんにしてはすっごいアホっぽい声出さなかった？

ちゃんと真実なはずなんだけど、何か違ったかな？

『あ、ちなみにこれその時の写真ね。隣に写ってるのが俺』

「…………なぜにいる？」

合成加工が大変だった……慣れないアプリでの作業だったから朝までかかっちまったわー。

『小学校に上がってからかな。年下のくせに、急にお姉さんぶってきて。何するにも「しかたないんだからこうへいはー」とか言いながら事あるごとにお節介焼いてくるんだ。しまいにゃ風呂にまで入ってきて、シャンプー苦手な俺の髪を無理やり洗おうとしてきたこともあった』

「は……え……」

『そういやあいつ、ヘソの横にほくろがあったなぁ』

「ちょっ、ソレっ……！」

片手でお腹を押さえつつ、ものすごい勢いでこちらを睨《にら》む上野原《うえのはら》。隠さなくても見たことなんてないから安心したまえ。てか、先に妙に赤い耳を隠した方がいいかもだぞ？

『中学に上がって俺が引っ越してからも交流は続いてたんだけど……そこで俺が浪人なんてしたもんだから、心配性に拍車がかかって高校まで追っかけてきやがったんだ』

「なっ、そっ」

うん、あなたが俺に貼っつけようとした〝設定〟だね。俺根に持つんです、そういうの。

『しかもあいつさ……いわゆる〝ツンデレ〟で』

「……!?」

『口を開けばキモいだのバカだの言ってるんだけど、実際のところは愛情の裏返しなんだ。しかもすぐ暴走しやがる。俺のためってなると、ついつい衝動的に動いちまうんだよ』

「……！　……！」

ああ、もはや言葉も失ったと見た。

『だから……ここのところのあいつの行動は、全部俺のことを心配してお節介が暴走した結果なんだ!!　もうほんっと、勝手なことばっかするウザい〝幼馴染《おさななじみ》〟が申し訳なかったー!!』

そう叫んで、画面中の俺は勢いよく頭を下げた。

ははぁ、いいぞ、ここまでの流れは完璧《かんぺき》じゃないか。まさに『世話焼きツンデレ幼馴染の暴走に翻弄《ほんろう》される巻き込まれ型やれやれ主人公感』が出ている。〝上野原彩乃《あやの》設定資料集〟を整備したのがよかったなぁ。

　台本《ホン》読みを延々繰り返して体に染み込ませたのと、〝上野原彩乃設定資料集〟を整備したの
　なお、彩乃さんの過去情報に関してはお、母、様――峡国《きょうごく》大学社会心理学部の教授からご提供いただきました。いやぁ、正直ダメ元だったけど、一から捏造《ねつぞう》する手間が省けてよかったー。

　話《ラブコメ》のわかる親御さんを持って上野原は幸せ者だな！

「……さて、そんな感じでだな。完璧にパーフェクトなラ、ブ、コ、メ、展、開になったことがわかってもらえたと思う」


　――これぞ、本件のラブコメ的解決策。

　後付け設定のオンパレードによる〝上野原彩乃幼馴染化イベント〟である。


　確かに、俺の現実に幼馴染などいない。

　でも〝幼馴染〟を作っちゃいけないなんて、誰が決めた？

〝キャラ設定〟は、後付けで貼り付けるもの――。

　それが俺の、現実で作り上げるラブコメの、主兵装《メインウエポン》なのだ。

「お前の行動も幼馴染ってことなら万事解決だ！　だから安心してくれ！」

にこっ、と俺は感動に身を震わせている上野原《うえのはら》に笑いかける。

ちなみにクラスのみんなは、一様に呆然《ぼうぜん》とした後、大爆笑して喜ぶ面々と、馬鹿馬鹿しいとばかりに呆《あき》れる面々とに分かれていた。割合としては6対4くらいで、過半数は好意的に解釈してくれている、と見ていいだろう。事前調査通りの結果で何よりだ。

勝沼《かつぬま》は途中から完全に毒気を抜かれたようで「……もういいわ、アホらし」と興味を失った様子でグループともども出ていってしまった。もっと強硬に反抗されると思ったのだが、そこに関しては拍子抜けだったな。

まっ、なんにせよ、これで完全解決！

やはりラブコメは万能。ラブコメこそ至高！

と……上野原がぎりぎりと壊れかけのロボットのような動きで首を捻《ひね》り、能面のごとき無表情をこちらに向ける。

ん、無表情は無表情でもなんか雰囲気違うな？

つか俺のタブレット、ミシミシしてない？

「…………………ながさか」

「うん？」

「……………………………しね」

「ヒギィ!?」

こうして、俺の頭部にタブレットの角アタックが炸裂《さくれつ》したのであった。

おかしい、ツンデレキャラとはいえ暴力属性まで追加したつもりはないぞ!?

◆

「ありえない。もうほんっとにありえない」

上野原は両手で顔を覆い隠し、早口にそう言った。それだけでは収まらないのか、うろうろと落ち着かない様子で周囲を歩き回っている。

なお、俺は絶賛正座中である。屋上の床ちめたい。

「あ、でもそのセリフだけ見れば結構いい感じにツンデレみありますよ。釘○さんボイスが似合いそうです」

「誰が喋《しゃべ》っていいって言った、ええ?」

「申し訳ございません」

口調が怖いよぉ、超怒ってるよぉ。

「知ってた、知ってたけどね、頭のてっぺんから足の先まで馬鹿だってことは……でもこんな、こんな風に他人を辱《はずかし》めるとか、想像できるわけないじゃんっ……」

「なかなかできることじゃないよですね」

「その口縫いつけるよ、物理的に」

「×」

迸《ほとばし》る殺意の波動を前に俺がお口にバッテンしていると、もう通算100は超えたであろうため息をついて、上野原《うえのはら》はぱんぱん、と自らの頬《ほお》を叩《たた》いた。

「……もう一生分の恥かいたかも。なまじ裸見られるよりキツい」

そこまでのことかしら……と俺が黙って聞いていると、上野原はひときわ大きく息を吐き、それからぽつりと呟《つぶや》くように言った。

「……あのさ。なんでここまで馬鹿なこと、しようと思ったの」

「……ん?」

「こんなことして引き止める理由なんて、全くないじゃん。そもそも、私は計画に関わるはずのない一般人だったはずだし」

上野原は俺から目を逸《そ》らす。

「〝ヒロイン〟でもなければ〝登場人物〟でもない。元々、必要不可欠な存在ってわけじゃないのに……こうまでして計画に引き込もうとする意味がわからない」

そして上野原は、どこか不安げな顔をして——。

「長坂《ながさか》は……私に、何を求めてるの？」

——何を、か。

俺は立ち上がり、呼吸を整える。

「……今回のイベントは、俺一人じゃできなかったことだ。お前が自分から動いてくれたからこそ、作り上げることができたラブコメ展開だ」

ふっ、と息を吐いて俺は続ける。

「俺は基本ダメダメだ。できることは少ないし、ヘタレだし、すぐ視野が狭くなって暴走するようなしょうもない奴だ」

俺には、足りないものが多すぎる。

見えないものが多すぎる。

「だから、俺には。俺の計画には——冷静で理屈屋で、時折ツッコミなんかも交えながら、大馬鹿な主犯を補佐してくれる……〝共犯者〟っていう〝登場人物〟が、必要なんだって。そう思ったんだ」

「……」

上野原が、こちらを見る。

夕焼けに揺れる薄紅色の瞳で、俺の心中を見定めるように。

「だからお前には、俺の〝幼馴染《おさななじみ》〟になってほしかった。ラブコメで、誰よりも主人公の近くにいて、誰よりも主人公を深く知っていて、陰に日向に助け、時には暴走を止めてくれる、そんな唯一無二《ゆいいつむに》の立ち位置の〝登場人物《キャラクター》〟……それが幼馴染だからな」

俺はその瞳を、正面から見据えて。

大きく息を吸ってから、はっきりと伝えた。

「上野原彩乃《うえのはらあやの》はたった一人の、俺のラブコメにしかいない、特別な登場人物なんだ。だから頼む。これからも、俺を、俺の計画を——隣で、支えてくれないか？」

さっと、夕焼けの屋上に一筋の風が吹く。

上野原は瞳の中の夕日をゆらゆらと揺らしてから、目を閉じた。

——永遠にも感じられる、長い沈黙の時を経て。

上野原は——。

「……………………はぁぁあああー」

──盛大に。

そりゃもう、めっちゃ呆《あき》れた感じのため息をついた。


……ん、あれぇ？

なんか、想定と違う？


「…………あのね、長坂《ながさか》」

「…………なんでしょう」

「この大馬鹿野郎」

「どうしてェー!?」

嘘《うそ》だろ!?

今回のは完全無欠な勧誘シーンだったじゃないか！

「あぁもう、キモい、本っ当にキモい。なにこの、クッサいやり取り。もう鳥肌やばいし」

「な、なんだとぅ!?」

「そもそも、こんなとこで急に過去語りを始めた時点で、シチュエーションに酔ってる感ありありで超エグい。そのくせ肝心の内容はわりと普通でショボいし」

「普通!?　あれ普通かな!?　俺史上、もっとも劇的なエピソードなんですけど!?」

「てかさ、実際のところ何も解決してないのわかってる？　何が幼馴染《おさななじみ》なら万事解決ー、よ。そんなの情状酌量《じょうじょうしゃくりょう》が得られるような免罪符じゃ全然ないし、そもそも私がウザい奴だって認識は一切覆《くつがえ》せてないし、むしろ余計面倒な状態に悪化させられてるんだけど、その責任どう取るつもり？　罰金じゃ済まさないから」

無表情の正論マシンガンで俺をフルボッコする上野原《うえのはら》。

な、なんだよ！　いきなり素に戻りやがって！

俺はワナワナと震えながら、負け惜しみのように返した。

「ふ、ふんっ。あー、これだから素人は！　この程度で文句言ってたらラブコメなんてできないぞ！　こんなの序の口も序の口、テンプレの中のどテンプレなんだからなぁ！」

ぷんすかと地団駄を踏む俺。

ああくそっ、せっかく最後は大真面目に締めようとしたのに、全部台無しだよ！　結局ギャグオチだよ！

そんなこんな、俺が心中で憤っていると、上野原は付き合ってられないという様子でスタスタと屋上の出口へ向けて歩いていく。


――そして。

「もう本当に……最初から最後まで、非常識なやつなんだから、長坂《ながさか》は」

その悪態は、いつもの無感情、無表情。

では、な、い。

「まぁ……でも、そもそも大馬鹿に何を言っても無駄だろうし、これ以上余計なことされたら本格的に私の立場が終わるし、放っておいたところでどうせ絡んでくるんだろうから——」

楽しそうにはずんだ、そんな声のように聞こえて。

逆光の夕日に目を細めながら見た、その時の表情は——。

「もうしばらく——馬鹿に付き合ってあげても、いいかな？」

俺が初めて見る。

子どもっぽく楽しそうな、笑顔《レアがお》だった。

俺たちのラブコメはこれからだとだれが決めた？

Who decided that I can't do romantic comedy in reality?

エピローグ

「というわけで、改めて俺の〝幼馴染《おさななじみ》〟こと上野原彩乃《うえのはらあやの》です。今後とも仲良くしてやってくれ」

「その口上が甚《はなは》だ不本意なんだけど」

「こ、これだからツンデレはー！」

冒頭から非協力的だな、共犯者のくせに！

――無事に壮行会の応援本番を終えて。

俺と上野原は、学校近くの自然食レストランにて〝登場人物〟グループと共に〝打ち上げイベント〟に臨んでいた。

つい先日の〝上野原彩乃幼馴染化イベント〟は無事成功だ。

特に登場人物の面々はみんな好意的だったから、このタイミングで上野原もがっちりグループに加えてしまおうと、こうして改めて挨拶《あいさつ》回りをしている状況である。

「と、とにかく。心配かけたり迷惑かけたりしたけど、ご理解いただけると助かります」

「全部このヘタレ馬鹿浪人のせいだけどね」

「グヌゥ……！」

わかった、怒ってるな!?　押しつけた〝上野原彩乃設定資料集〟の内容にブチギレなんだな、そうなんだな！

「まぁまぁ、委員長もそのへんで。彩乃ちゃんからしたらそりゃー心配だったろうし、ちょっと過剰な対応になっちゃっても仕方ないよー」

常葉《ときわ》がにへら、と人好きのする笑顔で笑う。

と、上野原は急にしゅんとした感じになって常葉に頭を下げた。

「……常葉君、心配させちゃってごめんね。色々フォローもしてくれたんでしょ？　マジありがとね」

うわ、相変わらずなんつーキャラの使い分けだ……。

「いやいやいや、いいっていいって。俺も幼馴染いるからさー、気持ちはわかるよ！」

常葉はぶんぶんと手を大きく振って謙遜《けんそん》している。

「さんきゅ。……大会、ちゃんと誘ってくれる？」

「も、もちもち！」

こくこくと嬉しそうに頷《うなず》く常葉。

あー、んでちゃっかり伏線回収しようとしてるし。これだからコミュ力お化けは。

「芽衣《めい》も……これからまたよろしくね」

「あはは、やだな、そんな畏《かしこ》まらなくてもいいってばー」

清里《きよさと》さんが片手をひらひらと振りながらにこやかに返す。

これは嬉しい誤算だったのだが――上野原《うえのはら》の対面調査無双の副産物として、清里さんの最近の行動は『新生活が落ち着いてきたため交友関係を広げようとした』ものだと明らかになった。

情報を拾ってきた上野原によれば、どこか特定の集団に所属しようとする動きはなく、すべてのグループに対して等しく接しているとのこと。

今回の打ち上げも当然のように参加してくれているし、別グループに囲われるような状況にはならなそうで、まずは一安心、といったところである。

また、もう一つ。応援練習後に清里さんが言っていた予定だが、あれは勝沼《かつぬま》グループとの食事会だということも判明した。

これは彼女の希望を受けた常葉《ときわ》が仲介し開かれた会らしく、あの時二人が同時に出ていったのはそれに参加するためだったらしい。

もう一方の当事者である勝沼が、余所者《よそもの》（というかたぶん俺）が割り込んでこないようにと厳命していたようで、結果、あのような去り方になってしまったとのこと。

蓋《ふた》を開けてみれば大したことはなく、予想外に頭を真っ白にして焦った俺が馬鹿だった、というオチだ。

依然、桜並木の行動については説明できないままではあるが……そこはまぁ、少しずつ着実にギャップを埋めていければいいだろう。焦ってもいいことはない、と今回学んだからな。

「でも、まさか二人が幼馴染《おさななじみ》だったなんてねぇ……長坂《ながさか》くんも隠すことないのにー」

清里さんがむー、と頬を膨《ふく》らませながら不満げに言った。

あっ、また出たラブコメ表現、きゃわわ。じゃない。

「ご、ごめん。なんとなく言い出すタイミングがなくって……」

「浪人のことだって、もっと早くに言ってくれればよかったのにさぁ。それで他の人と態度変えたりとかしないよ？」

「それは……本当にごめん」

ナチュラルにそう言ってくれる清里さんに、俺は申し訳ない気持ちが溢《あふ》れてくる。

「そうだぞ、委員長ー。委員長は委員長なんだし、全然気にすることないって！　しかも年齢的には同い年なんだろー？」

「ああうん、3月生まれだから一応そうなる……のかな？」

「だったら芽衣《めい》ちゃんとはひと月違いじゃん？　そしたら、7月生まれの俺の方が芽衣ちゃんと年離れてることになるし、だから大丈夫！」

親しげな笑みのまま、あっけらかんと常葉が言う。

謎理論を持ち出してまで俺を受け入れようとしてくれるのが伝わってきて、思わず熱いものがじんわりと胸にこみ上げてきた。

学年の違いというのは、もっと抵抗感を覚えるものと思って身構えていたんだけど……俺の考えすぎだったようだ。少なくとも、登場人物の面々は誰一人気にした様子はない。

「本当に、ありがとう……みんな」

「てか耕平《こうへい》に先輩要素なんて最初から皆無だから。馬鹿だしヘタレだし非常識だしポンコツだし、どう考えても年上になんて思えないでしょ？」

「お前もうちょっと空気読め？」

さっきから邪魔ばかりしやがって！

なんて、いつものようなやりとりをしていたら、周りのみんながやけにほんわかとした顔で俺たちを見ているのに気づいた。

え、なんだ？　急にどした？

「ホント仲良いなー、二人とも。ずっと一緒にいる相手って感じするわー」

「え、あ、そう？」

常葉《ときわ》がのほほんとした声で言った。

上野原《うえのはら》は嫌そうに目を細め、手を横に振る。

「いや、そんなこと全然ないから」

「あ、彩乃《あやの》照れてるなー？」

と、今度は「にしししし」という擬音が似合いそうな顔で清里《きよさと》さんが笑った。

「いや。ホントにマジで」

「もー、恥ずかしがっちゃって。実はそれも照れ隠しなんでしょー？」

「……っ」

あっ、アカン。『否定したいのにツンデレ設定が邪魔して何も言えない、でもどうにか否定したいとりあえず長坂《ながさか》殺すわ』って目してる！

「……で、茶番はそんくらいでいいか？」

俺がビクビクしてると、一人ニヤニヤとやりとりを眺めていた鳥沢《とりさわ》がそう言った。

意外ながら、今回の流れを一番喜んでいたのは鳥沢だった。

だが幼馴染《おさななじみ》云々《うんぬん》のラブコメ的くだりが気にいった、というより、俺の派手な立ち回りが面白かった、とのこと。

相変わらず独特な価値基準でいまいち掴みにくいが、こうして打ち上げに参加してくれている時点で一応はOK、ということにしよう。

俺はパン、と手を叩《たた》き、明るい声で告げる。

「さ、今日は俺が奢《おご》るから！　みんな好きなもの食べて！」

結局この前の罰金は保留してたしな。今日は大盤振る舞いだ。

「委員長、ゴチになりやーす！　とりあえずロースカツカレー大盛りで！」

「あ、じゃあ私はこのバランスプレートってやつがいいかな。スープセットで」

「俺はアラビアータでいいわ」

「チョコバナナパフェ、かぼちゃのシフォン、お楽しみアイス盛り合わせ」

「はいはい、少々お待ちを。ただし最後のやつ、お前はもうちょっと遠慮しろ」

俺はオーダーを通すため立ち上がる。

板張りの廊下をコツコツと歩いてから、ふと振り返って、座席でわいわいと盛り上がる〝登場人物〟の面々を遠巻きに眺める。


——まだまだ、俺の現実はラブコメには程遠い。

普通のラブコメでいうのなら、ギリギリ前提条件が成立した程度の進捗《しんちょく》で、ラブコメらしいラブコメ展開なんてほとんどない。


だが——そう都合よく進まないのが、俺のラブコメの常道だ。

だから俺は、俺にできることを、できる限りやり遂げる。

それが、この現実でラブコメを実現するために、必要なことなんだから。

それに——。
俺はもう、そう簡単には失敗しない。

「――耕平。ぼーっと突っ立って、何か問題でも？」

――俺の隣には。

こうして、共に歩いてくれる〝共犯者〟がいるからな。

「……いや、何も問題なんてない。決意を新たにしてただけだ」

「あ、そ」

上野原《うえのはら》はいつもの無感情な声で短く返事を返す。

「つか、ちょいちょい気になってたんだが……お前、俺の名前、呼び捨てに変えた？」

「さぁ？　てか名前の呼び方とか、何だっていいじゃん」

「ばっかお前、ラブコメ的にだな、主人公に対する呼称の変更ってのはそれだけで好感度の変動を表わす重要なパラメータとして……」

「あー、はいはい、キモいキモい」

上野原はやれやれ、とばかりに両手で降参のポーズを取ってから俺に背を向けた。

ちっ、これだから素人は……。

ん、いや、ちょっと待て？

「……どっちでもいいなら、なんであえてこのタイミングなんだ?」

背中にかけた俺の言葉に、上野原《うえのはら》は何も答えず。

くるりと半身だけこちらに振り返って――。


「――勘違いしないようにね、この大馬鹿野郎」

そう言って、悪戯《いたずら》っぽく微笑んだ。


――ああくそ、なんだよ、もう。

僅《わず》か一瞬の後、上野原はいつもの顔に戻して、無言でみんなの方へと戻っていく。

俺はため息をついてから、再び前へと進んだ。


これからきっと、楽しくて、ドキドキして、時には悲しいこともあって、衝突もして。

それでも最後にはハッピーエンドになる。

そんな毎日が、続いていく。

続けてみせる。

――俺のラブコメは、始まったばかりなんだから。

舞台裏 〝ガールズサイド〟

Who decided that I can't do romantic comedy in reality?

これもまた、馬鹿なことなんだろうな。
私——上野原彩乃《うえのはらあやの》は、一人暗闇のトンネルを歩きながら、自嘲《じちょう》げにため息をついた。

小さい頃から私は賢い子どもだった。

飲み込みが早く、なんでもすぐにうまくなる、いわゆる器用なタイプというやつだ。

だから大抵のことはそれなりにこなせるが、反面、何かに突出することはなかった。

両親はとかく「自分にしかできないことを探せ」と繰り返していたけど、私の特性はそういうのに向いていない。

だから私に、これだけは、と誇れるものなんて持てない。貫くべき自分なんてのもない。

賢い私はそれを早々に理解して、それが現実だと納得していた。

だって現実は現実だから。受け入れるしか他に方法なんてないのだ。


——だからだろうか。

あいつの言う「気に食わない現実は認めない」という馬鹿を貫く姿が、新鮮に映ったのは。

あの〝告白イベント〟から、私は馬鹿に巻き込まれるはめになった。

ポエムとしか表現できないくっさいセリフばかりのラブレターと、今時少女漫画ですらやらない狙《ねら》いに狙ったシチュエーションに浸《ひた》り切ったあいつを見て、「これだけの馬鹿をするには何か理由があるはずだ」と興味を持ってしまったのが運の尽きだ。

で、蓋《ふた》を開けてみたら想像を遥《はる》かに超える馬鹿で、あまりの非常識な振る舞いに思考停止に追い込まれて、気づけば〝共犯者〟なんていう立ち位置に落ち着けられていた。

何よりも、そこですぐに断らず、ちょっと付き合ってみようかな、なんて思ってしまったのがよくなかった。

賢い私が、心の底から馬鹿になれるはずもなく。

結局、その半端さが、失敗を招いてしまったのだ。

でも、それもまた。

全部ひっくり返されてしまうとか。

本当に、大馬鹿ってやつは。

――すごいな、と思う。

でも〝ツンデレ〟とか、そういうわけわかんない設定を押しつけられたことはぶっちゃけ怒っている。何をしても妙な方向に解釈されるから、身動きが取りにくいったらない。

あと母さんは絶対に許さない。ほんと、いい年してあのオバサンは、面白半分で非常識なことばかりするんだから。娘の過去を気軽に他人に話すな。写真を勝手に渡すな。もう冷蔵庫の桔〇信玄生プリン全部食べてやる。


色々と不満は尽きない。というか、不満ばかりだ。

まぁ、だけど——。


あいつの馬鹿によって創り出された〝幼馴染《おさななじみ》〟と〝共犯者〟っていうのが、本当に唯一無《ゆいいつむ》二《に》の存在だというのなら。

それは一応……私にしかできないことだと、言えなくもないし。

そこに乗っかれば、こんな私でも。

別の現実を見ることができるのかもしれないって、そう思ったから。

もうしばらくは……馬鹿に、付き合ってみよう。

なんて、今はそう思っている。

さて。
とにもかくにも、あいつの計画の共犯者であることを受け入れた以上。
自分ができることを、最大限やりきらないとね。

だから私は。
こうして、この桜並木にやってきたのだ。

「——こんなところに呼び出して。何か用かな、彩乃《あやの》？」

一番最初の、私たちの偶然の出会い。
そのきっかけを作り出した——〝メインヒロイン〟の、真意を確かめるために。

◆

「彩乃《あやの》もここ知ってたんだね。秘密の場所だと思ってたんだけどなぁ」

そう言って大げさに手を広げ、空を見上げてみせる。

八重桜の桜並木は既に大半の花を散らしている。風が吹くたびに残り少ない花びらが宙を舞い、どこかへ消えていった。

周囲に人はいない。夕日は既に落ち切っていて、あと少しすれば完全に闇に包まれるだろう。古びた電灯が照らす明かりだけが、唯一の光源だ。

「ちょっとね。一度、芽衣《めい》と腹を割って話してみたくなって」

私はいつもと同じトーンを意識して、そう切り出す。

「お、ガールズトークかな?」

首を傾《かし》げながらくるりとこちらを振り向く仕草は、笑ってしまうほど絵になっていた。

その綺麗《きれい》な黒髪も肌のきめ細かさも、きっと天然物。メイクなんてほぼしていない状態でこれとか、もう最初から持って生まれたモノが違いすぎるな。

私はもう一度周りに人がいないのを確認し、自分が冷静であることをきちんと認識してから、一歩彼女の元に近づく。

そして、個人的にずっと気になっていたことを尋ねた。

「――耕平《こうへい》のラブレター。なんで、私の下駄箱に移し替えたの?」

――〝告白イベント〟の時。

あいつは、自分が入れる場所を間違えたと判断したようだけど……そうではない。

このメインヒロインが、自分の下駄箱にあった手紙を入れ替えたのだ。

「……どういうこと？　ラブレター？」

本当にわからない、といった風に頰《ほお》を搔《か》きながら小首を傾《かし》げる。

……私も私で人のことは言えないけど、本当、大した面《つら》の皮だと思う。

「まさか、隣の下駄箱があいつの友達……ううん、幼馴染《おさななじみ》のものだとは思わなかったでしょ？」

実際のところ、当時の私たちは面識すらなかったわけだが、そこは本筋には関係ないのでひとまず置く。

「何か誤解してないかな？　その手紙っていうのが何かはわからないけど、それって本当に私宛《あて》のものだったの？」

「本人に確認したし、間違いない」

「じゃあ長坂《ながさか》くんが間違えたんだよ。ほら、長坂くんって、おっちょこちょいなところあるし」

まさか、と私は心中で否定する。

予想外の状況っていうならともかく、あの準備馬鹿がそんな些細《ささい》なミスを犯すはずがない。

だから手紙はちゃんと芽衣《めい》の下駄箱にあった。それは間違いないのだ。

私は呼吸を整え、順序立てて追及していくことにした。

「……私も一瞬そう思った。でも、いくら耕平《こうへい》が馬鹿だったとしても、幼馴染の下駄箱にラブレターを入れ間違えるほどじゃない」

幼馴染云々《うんぬん》に関しては完全に後付けの理屈なので、実際のところ不自然さを感じた理由は別にある。だが芽衣に揺さぶりをかける上では有効な情報だろう。せっかくの設定だ、せいぜい有効活用してやることにする。

「それに、手紙を手に取った時……私は一つ違和感を覚えた」

耕平のラブレター自体は真っ白な便箋《びんせん》にハートのシールで封がされた、ありきたりなものだ。中の手紙にはポエムと差出人が書かれていて、それ自体に特段おかしなところはない。

その違和感が何か、と手紙を観察しながら考えてみた時——私は一つの結論に行き着いた。

「手紙には、誰かが事前に封を開けた形跡があった」

そう、そのシールの部分に、一度剥《は》がされたであろう痕跡《こんせき》が残っていたのだ。

「だから、本来の宛先《あてさき》にあたる人物が先に中を見て、それから私の下駄箱に入れ直したんじゃないか……そう思ったの」

「だからってそれが私とは限らないんじゃない？　誰か別の人が悪戯《いたずら》したのかもしれないよ？」

にこにこ、と。天使のような笑みのまま、芽衣は的確に反論を返す。

「それとも私がやったって証拠でもあるの？」

手紙に指紋が残ってたとか？　と、まるで推理小説の犯人のような口ぶりで言った。

……そう易々《やすやす》と認めるつもりはない、か。

私はすん、と鼻を鳴らして、もう一つの根拠を示すことにした。

「……桜の香り」

「ん？」

「桜の香りのする、芽衣のハンドクリーム。その痕跡《こんせき》が、手紙に残ってたから」

「……へぇ？」

そう……私が手紙を開けた時。

そこでふと、私は桜の香りを感じたのだった。

「耕平《こうへい》に聞いたけど……芽衣《めい》は部活終わりにハンドクリームをつける習慣があるよね。手荒れの防止に、って」

それは友達ノートにあった情報だ。

でも最初は、そんなところ気にもしていなかった。

実際にピンときたのは、実地研修の時——行動観察のため、芽衣のすぐ後ろの席に座っていた時に、ふと同じ香りを感じ、そこでその可能性に行き着いたのだ。

「その香りが一致したことで……私は、芽衣が手紙を移し替えたんだ、って確信した」

だが……。

「でも、その行動の理由がわからなかった。話を聞く限り、そういうことをするタイプには思えなかったし」

耕平の情報《データ》から見える〝メインヒロイン〟像は、善性に溢《あふ》れた天使のような存在だ。そんな人物が手紙の移し替えをするとは考えにくかった。

「だから私は、直接芽衣の人となりを確認することにした」

あいつの非常識な調査能力でさえ真相が見えないのであれば……あいつにできない方法で探りを入れる必要がある。

そう判断して、私は表舞台に立つことにした。

「さしあたり、自分が手紙を放り投げた先が差出人の友達だって知った時、どう反応するかなって思って、事前指導の時にちょっかいを出してみた」

あの時、私はただのノリや酔狂で、登場人物の中に乱入したわけではない。みんなとの関係構築のため、計画の後押しのためという理由さえ副次的なものだ。

芽衣の素顔をさらけ出させるための揺さぶり——それが、真の目的だった。

「一瞬だけど、私の名前を聞いて動揺してたよね？　続けざまに下駄箱の話を出した時には完《かん》璧《ぺき》に取り繕ってたけど」

本当に僅《わず》かではあったけど、反応が遅れたのがわかった。

その後も、私の行動の意図を読もうとするそぶりや、どれだけ関係の深い相手なのか確かめるような質問まで重ねてきている。

「そして、その後……耕平《こうへい》とここに来て、私に対してのコメントを求めたらしいじゃん。入れ替えの一件について、私が耕平に何か吹き込んでないか、確認したかったんじゃないの？」

突然現れた私の存在を警戒した芽衣《めい》は、私の行動の意図を確認するため、耕平に探りを入れようとした。おそらくそれが、あの日の謎めいた行動の理由だろう。

耕平に私の動きを伝えなかったのは正解だった。もし先に教えていたら、あの場ですべてが露呈していたかもしれない。

「そこから先は、突然今まで関わり合いのないグループとコンタクトを取り始めたり、遊びに行き始めたりって動きが続いた。それまでは誰とも一定以上に近寄ろうとしてなかったはずなのに、急に」

芽衣がどういう関わり方をしてきたのか、各グループのメンバーに聞いて回ったところ、付き合いの深さや誘いの内容はどれも均一的で、どこか特定の集団に肩入れするようなものではないとわかった。

それを知って——私は、芽衣のこれまでの動きに共通する、一つの結論に行き着いた。

私はそこまで話して、一度呼吸を整える。

「……ここまでの動きを踏まえた、私の予想だけど」

これまでの芽衣の行動。

その根底にあった意図。

それは——。

「——誰とでも、何とでも、遠すぎず近すぎずの関係でいたい。全部フラットに、差がないようにしたい。それが、これまでの芽衣の行動原理じゃないの？」

——桜並木の世界はしんと静まりかえる。

「なんか責める感じになっちゃったけど。私は別に文句が言いたいとか、そういうつもりはない。単純に、芽衣が本当はどう思っててどうしたいのか。それが知りたかっただけだから」

すっかり暗くなった周囲の闇に飲まれて、芽衣の表情は見えない。

これまで黙って聞いていた芽衣は——。

「……あはは。とんだ名探偵だね」

やれやれといった風に首を振ってから、その重い口を開く。

そして、そのサラサラな黒髪を、右耳にかけて——。

「――でも、全部正解。

そこまで知りたいなら教えてあげる、清里芽衣《わたし》の真実《ほんとう》を、ね」

――天使のような〝メインヒロイン〟が、一度も見せることのなかった。

暗く、強い意思を感じさせる瞳で、静かな怒りの表情を浮かべた。

◆

「やっぱり彩乃《あやの》が癌《がん》だったか。ほんと、迂闊《うかつ》なことするんじゃなかったな……」

芽衣《めい》はキッと目を細めてこちらを睨《にら》みつける。

もうそこに、いつもの笑顔はない。

「やっぱりって……私のこと、いつから怪しんでたの？」

「最初から、だよ。長坂《ながさか》くんの後ろに誰かいるんじゃないかって、手紙をもらった次の日からずっと思ってた」

私は小さく息を飲む。

芽衣は息を吐いて、諦めたように話し始めた。

「……最初の手紙はね、ただの先延ばし。長坂くんの行動が予想外で、対策を考える時間が欲しかったから。安易に断って騒がれても困るし、一度だけならなかったことにできるかなって」

できることなら全部なかったことにしたかったけどね、と悔しげな顔で呟《つぶや》いた。

「翌日には、どう来られても対応できるように準備を整えた。でも、当の本人は何もなかったかのようにケロッとしてる。普通なら文句の一つでも言ってくるか、もう一度告ろうとするはずなのに、一切そんな様子はない。不自然に思うに決まってるでしょ？」

芽衣はそのままの調子で続ける。

「最初は諦めたのかと思ったけど、そうしたら今度はクジを悪用して近づこうとしてきた。しかも、彼が仲良くなろうとしてるメンバーだけ狙《ねら》い撃ちで」

……そっか。クジがやらせだってことにも気づいてたか。

「でも、最初のやり方に比べて急に迂遠《うえん》なアプローチに変わったから、何か変だなって思った。長坂くん自身に変わった様子はなかったから、誰かの入れ知恵でもあったのかも、って」

「それが、私だって？」

「他に妥当な理由なんてなかったしね。長坂くんに親しい友達がいないことは聞いてたし、可能性があるとすれば手紙を移し替えた先の人……つまり彩乃だよ」

ふっ、と芽衣は息を吐いてから言った。

「まぁ、まさか幼馴染《おさななじみ》とか、そんな関係だとは思わなかったけど。本当に幼馴染なのか、まではわからないけどね？」

きっ、と大きな瞳を細めてこちらを睨《にら》む芽衣《めい》。

……うわ。これ、完全に怪しんでるっぽいな。

「こんなこと誰にも話すつもりなんてなかったし、舞台裏の努力だけで解決しようと思ってたけど……彩乃《あやの》にそこまで掴まれてたらそれも無理だろうから。この際、ハッキリと伝えておく」

ふと風が吹いて、桜の枝を揺らす。

芽衣は、桜の舞い散る中で、なびいた髪を鬱陶《うつとう》しげに押さえながら口を開いた。

「もうこれ以上——普通から逸脱するのはやめて」

——そう告げられた言葉から。

私は、耕平《こうへい》と同じくらい、強い意思を感じた。

「別にね。私は誰かを攻撃したいわけでも、排斥《はいせき》したいわけでもない。非常識なやり方で近づこうとしたり、強引にグループを作ろうとしたりするから、その意図を挫《くじ》こうとしただけ」

その瞳を暗く輝かせながら、芽衣は続ける。

「友達としても、常識的な範囲ならかまわない。クラスで雑談したり、帰り道を一緒したり、たまに遊びに行ったりするくらいなら、まぁ許容できる。そのくらいなら普通の範疇《はんちゅう》だから」

そして僅《わず》かにその目を細めて、忌々しげに呟《つぶや》く。

「だけど、一連の大騒ぎとかクジの細工とか、入学直後に前触れもなくラブレター送りつけるとか……そういうのはアウト」

普通じゃないから、と芽衣は強調した。

「私は誰とも必要以上に仲良くなるつもりなんてない。いてもいなくてもどっちでもいい、あってもなくてもどうでもいい関係が、一番間違いがないんだよ」

強く言い切る言葉を受けて、私は胸がざわっとする。

この子は、もしかして——。

「なんのことはない、どこにでもある普通が、誰も不幸にならない答え。

だって、何ものにも代えがたい友人関係とか、友達とのとびっきり楽しい学校生活とか——そんなのは全部、現実には存在しないんだから」

耕平と。

まったく逆の方向を、向いているんじゃないか？

「……長坂《ながさか》くんは、きっと理想を求めすぎてる。だからきっと、浪人なんてするはめになったんだ。それでもまだ懲りずに動こうとする神経がわからない」

芽衣《めい》は悔しげに唇を噛《か》んで首を振り、きっ、と尖らせた目をこちらに向ける。

「彩乃《あやの》もね。この程度で済んでるうちに、馬鹿な行動は控えた方がいい。そうしないと、次はもっと痛い目を見ることになる」

その意味深な物言いに、ふとある可能性に思い至って、背筋にぞくりと嫌な感覚が走った。

「ちょっと待って。もしかして……私が調べて回ってること、気づいてた？」

「当たり前だよ。だって、そうなるように動いてたんだから当然でしょ」

……嘘《うそ》でしょ？

あまりにも自然に言われ、私の思考が停止する。

「長坂くん、気になることがあれば調べないと気が済まない性分だ、って自分で漏らしてたからね。だったら、気になることを増やしてあげれば、そこに気を取られるかなって」

芽衣は当たり前の理屈だ、と言わんばかりに淡々と続ける。

「調べることが多くなればなるほど、他のことはできなくなる。そして彼が動けなくなれば、協力者の彩乃が動く。それで、頭のキレる彩乃が動くとしたら……少しの違和感を残しておくだけで、それを見つけ出して食いついてくる」

まさか――。

自分の行動を調べさせることで、私を罠《わな》に嵌《は》めるつもりだった……？

「ひょっとして……勝沼《かつぬま》さんが、私のことを警戒し始めたのも」

「彩乃の存在に気づかせてあげただけ。あゆみは、あれで情が深い子だから。仲良しの友達に不都合そうな相手には厳しいんだよ」

「自分のクラスで、男子ばかりに声をかけてたのも……」

「遊びに行く相手の順番を調整しただけ。うちのクラスの、女の子好きでお喋りな男子を最優先でね」

「全部計算づくで、罠を仕掛けたってこと……？」

「心外だな。彩乃がコソコソ嗅《か》ぎ回ったりしなければ、何の効果もないことばかりだし。それを罠にしちゃったのは、彩乃自身の馬鹿な行動のせいだよ」

私はごくりと唾《つば》を飲みこんだ。

……この子も。

耕平《こうへい》とは別の方向で、予想外にすぎる。

「途中までは、うまくいってたはずなんだけどな……長坂くんのカミングアウトと、わけのわからない演説のせいでうやむやにされちゃった。ほんと、最初からずっと、あの人はイレギュラーなことしかしなくて困る」

僅《わず》かに視線を落として悔しそうに呟《つぶや》いてから、すぐにまた私の目を射貫くように見た。

「でも、賢い彩乃《あやの》なら……これで、理解したでしょ？　そのために、こうして直接話すことにしたんだから」

そして何重にも意味のこもった言葉とともに、一歩前に出る。

私は気圧されそうになりながらもなんとか踏みとどまって、芽衣《めい》の瞳を見返した。

「みんなとは、今の関係が限界。彩乃たちがこの距離感のままいてくれるなら、私は別に何もしない。このままでいてくれるなら、ね」

そして芽衣は、一度目を伏せて……ふっ、とその圧力を消す。

「……私からの内緒話はこれだけ。長坂《ながさか》くんの方も、これ以上間違えないようにしてあげて。幼馴染《おさななじみ》だもんね？」

髪を手櫛《てぐし》で整えながら、何事もなかったかのように〝メインヒロイン〟の顔で笑った。

それから、するりと私の横を通りすぎて——。

「それじゃあね、彩乃！　これからも普通の友達として、よろしくね！」

振り返ることなく、桜並木から去って行った。

◆

「……はぁ。マジで、馬鹿なことに首突っ込んじゃったな」

私はぐしゃり、と後ろ髪を掴んで流す。首元が汗ばんでいて気持ち悪い。

しかし……なんだあれ。色々と、同い年の女子とは思えないんだけど。

あんなの、耕平《こうへい》が勝てる見込みなんてゼロだ。少なくとも、〝告白イベント〟程度の工作で気軽にお近づきになれるようなタイプじゃない。

「……でもね、芽衣」

誰もいなくなったその場所で、ぽつりと呟《つぶや》く。

そう、賢い私には、あの子をどうにかできる未来なんて見えないけど――。

「あんまりあいつを、甘く見ない方がいいかもよ？

あの大馬鹿は……ないはずのものを、現実に創り出しちゃうやつなんだから、ね」

（第一巻　了）

あとがき

みなさま初めまして、初鹿野創《はじかのそう》と申します。この度『第14回小学館ライトノベル大賞』を賜りまして、本作を刊行させていただく運びとなりました。

何はともあれ、まずは謝辞から。屋久ユウキ先生、裕夢先生。同じ優秀賞繋《つな》がりのラブコメ作品ということで、大々的に著作の引用をお許しいただき、ありがとうございました。『弱キャラ友崎《ともざき》くん』は現代青春ラブコメの金字塔、『千歳《ちとせ》くんはラムネ瓶のなか』は新時代の王道青春ラブコメ、どちらもラブコメ界の新約聖書《バイブル》と信仰しております。もし本作読者の方で、未読という方がいらっしゃいましたら、今すぐポチってどうぞ（ダイマ）

そしてラブコメ界を牽引してこられた偉大なる諸先生方。このような場で誠に恐縮ですが、厚く感謝申し上げます。

また、嬉しい感想、ハートフルボッコな修正指示《ダメだし》、ストレスで牛丼の味が分からなくなるレベルの慈悲なき人格否定をくださいました友人H氏。マジでVeryありがとうございました。並びに、常日頃から相談に乗ってくれたSさん、展開ネタを提供してくれたMKT、ネットの海に漂う名も無き存在Xだった頃から応援してくれたK子、SS氏、Iさん、Aたん、HBK――いけない、サポートしてくれた人が多すぎる。とにかくみんなありがとう。これからも頼りまくるので、よろしくどうぞ。

さらに、担当編集の大米さん、副担当の岩浅さん。度重なる大改稿にお付き合い頂き、本当にありがとうございました（ご迷惑をおかけしました）。ナメクジ進行で申し訳ありません。せめて空飛ぶナメクジくらいにはなろうと思うので、今後ともよろしくお願いいたします。

最後に……イラストを担当してくださった、椎名くろ様。いや神。尊きイラストの数々を賜るたび「おお……ハレルヤ、ハレェールヤァ！」と歓喜に身を震わせておりました。まこと畏れ多きことながら、信仰を捧ぐことをお許しください。エイメン。

さて、このままだと謝辞で埋まりそうなので、少しくらい裏ネタをば。

キャラの名前でお気づきの方もいらっしゃるかと思いますが、本作は作者出身地の某県を舞台にしています。重複防止で地名は架空ですが、イメージはまんま海なし県です。ついでに完全一致ではないものの、登場する各種スポットもモデル地があったり。

見知った場所だと書きやすいというのもありますが、何よりほら、学生時代に過ごした場所を舞台にしちゃえば、ワンチャン自分もラブコメしてたみたいになるかなって！（悪魔的発想）

あ、ちなみにちらっと登場した桔梗信○生プリンは隠れた名産品です。きな粉と蜜がまろやかなプリンと絶妙にマッチして超おいしい。夏場の暑い時期には売り切れ必死の金○軒・水○玄餅もオススメですよ！（ご当地支援ダイマ）

それでは、お読みいただきありがとうございました！　またお会いしましょう！

～あとがきは基本ダイマスペース～　２０２０年７月　初鹿野創

GAGAGA

ガガガ文庫

現実でラブコメできないとだれが決めた?

初鹿野 創

発行 2020年 7 月22日 初版第1刷発行
2021年11月20日 第3刷発行

発行人 鳥光 裕

編集人 星野博規

編集 大米 稔

発行所 株式会社小学館
〒101-8001 東京都千代田区一ツ橋2-3-1
[編集]03-3230-9343 [販売]03-5281-3556

カバー印刷 株式会社美松堂

印刷・製本 図書印刷株式会社

Printed in Japan ISBN978-4-09-451856-6